本册主编　贾超

丛书主编　　王兆鹏

小磨诗坊

夏

长江出版传媒　崇文书局

永日一欹枕，长夏好读诗

序

王兆鹏

　　《小磨诗坊》特点在"小而精"。

　　小主题。常见诗歌分类选本，多以大主题分，如山水诗选、咏物诗选之类。本丛书是按小主题来梳理切分，一种景物分作一题，一种情感归为一类，聚集呈现。一册在手，可以窥知不同时代、不同作者、不同诗体对同一主题的表现。欣赏者可藉此比较领悟同一主题的不同风格韵致，创作者可揣摩学习同一景物情感的不同表现方式与写作路径。

　　小规模。每本10万字。可以燃香烹茶，正襟危坐地细细品读，也可以在茶余饭后的碎片化时间里快速浏览。一种主题的流衍变化和N种风情，很快就能了然于心。

　　小作者。丛书的作者都不是诗词鉴赏大家，属"才露尖尖角"的"小荷"。虽然算不上名家高手，却充溢着青春才子才女们的朝气、才气、灵气，文笔灵动，话语鲜活，有学理性而无学究气。

选目精粹。每书所选诗篇词什，都是在广搜博览的基础上几经汰选而成。切合主题的名篇佳作方能入选。故所选作品，多为百里挑一的精品。

赏析精到。作品鉴赏，既不同于传统的一板正经，如教科书般条分缕析，学术性强而可读性弱；也区别于新潮的天马行空，文笔虽妙，却不着边际，有可读性而无学术性。本丛书坚守学术本位，充分发挥每位作者的灵心慧性，将个体的生活经验、艺术感悟与迁想妙得有机融合，入乎其内又出乎其外，诗心诗境诗法诗艺，拿捏得精准到位。

制作精良。作者团队精心结撰，编辑团队也是细心打磨。如同小作坊制作工艺品，字斟句酌，刮垢磨光，力图打造一部部精品。然能否成为精品，有待高明读者的评鉴印可。

前言

贾 超

夏天之于四季，如江南之于地理，印象鲜明，强烈，透着绵长的温柔。

当第一声蝉鸣响起，光与热成为整整一季的主旋律。阳光倾盆而下，山川湖泊、道路楼宇，全都闪闪发光，耀人眼目，没有一处被遗忘。与视觉刺激相辅相成的，是无所不在的暑热，黏糊糊，汗涔涔，推之不去。

尽管如此，夏天还是无可替代。

读有关夏天的诗，容易恍神，书面化表达是容易被带入诗歌情境中。我们对夏天太熟悉。四季中，以夏天与冬天对人的感官刺激最甚。冬天，人们裹在厚棉服中，努力隔绝寒气；夏天则着单衣，啖甘瓜，与季节亲密接触。读到石榴花，眼前立刻出现一片鲜妍红影，看见"桑葚"字眼，又不禁为记忆中那份酸甜口舌生津。通过诗词领略夏意，仿佛打开时光闸门，有关夏天的古老记忆奔涌而出，读者置身其中，凭着各自心底的夏日印象与旧时光遥遥相认。

　　古典诗词中，春悲，秋怨，几乎是传统季节情感类型，到夏天，却多了几分意趣。

　　因夏日暑热，兼白昼漫长，没有空调"救命"的古代人发明了种种方法以消除、摆脱夏天的炎热，或谓"避暑"，或曰"消夏"，以消遣姿态度过夏季，故而意兴悠然。

　　皇家有专门的避暑山庄。王维就曾跟随岐王前往九成宫避暑，看隔窗云雾，卷幔山泉，写下"仙家未必能胜此"的句子。豪门贵族则常常在夏日举行欢宴。李颀受丞相之子张垍邀请，赴一场夏日宴会，写诗谓"重林华屋堪避暑，况乃烹鲜会佳客"，席上羽扇摇风，玉盆贮水，厅堂里放置峨峨若云峰的冰块，众人饮酒啖瓜，好不畅情。刘禹锡所赴的驸马宅宴毫不逊色，饮的是"琥珀琖红疑漏酒"，吃的是"赐冰满碗沈朱实，法馔盈盘覆碧笼"。提到夏日饮食，不能不提杜甫的名句，"鲜鲫银丝脍，香芹碧涧羹"，色香味俱全，令人食指大动。

对一般文人而言，深幽山林是躲避暑热的最佳去处。骆宾王一首游山之作，中有"兰径薰幽佩，槐庭落暗金。谷静风声彻，山空月色深"之句，写山中兰草、槐花与月色，美不胜收。王维的"漠漠水田飞白鹭，阴阴夏木啭黄鹂"则绘出另一番夏日生机。寺院亦常为诗人履足之地。前去赏荷的写下"微风忽起吹莲叶，青玉盘中泻水银"，寺中寄居的写下"落日穷荒雨，微风古堑花"，登高纳凉的写下"寒光远动天边水，碧影出空烟外山"，诗中透出文人士大夫的审美情趣，以清雅为尚。

除悠游山水、寻幽探胜外，也有诗人更喜欢"宅"在家中消夏。白居易写夏日生活，"花樽飘落酒，风案展开书。邻女偷新果，家僮渥小鱼"，意趣盎然。韩偓则"长夏居闲门不开"，在家昼寝，所谓"空庭日午独眠觉"。夏天做白日梦似乎是诗人们的普遍爱好。柳宗元在永州做梦，"南洲溽暑醉如酒，隐几熟眠开北牖"；许浑在南邻家中做梦，"永日一欹枕，故山云水乡"；陆游在桐阴之下做梦，"桐阴清润雨余天，檐铎摇风破昼眠"，昼寝做的梦，似乎格外悠长。

陶渊明是文人中的异数。孟夏时节在田间地头荷锄而耕，回到家中展卷闲读，自谓"既耕亦已种，时还读我书"，又道"欢言酌春酒，摘我园中蔬"，活脱脱桃源中人。

相较宫廷贵族的豪纵奢华、文人墨客的清逸闲雅，民间的夏天另具一种脉脉温情。魏晋时有诗写一位农妇，丈夫出门在外，妻子独自料理完田蚕之事，仍不肯休息，而是顶着明晃晃的日头，撑起一身疲倦，"当暑理絺服，持寄与行人"。唐人王建有"妇姑相唤浴蚕去，闲着中庭栀子花"之语，写出一片安乐宁适。陆龟蒙隐居时住在乡野，四邻多是农家，日常生活是"尽趁晴明修网架，每和烟雨掉缲车"，更有馌田归来的妇人，鬓间插着夏

7

日的花，极有风致。

　　本书精选历代歌咏夏天的诗词一百余首，以情词俱佳者为上选，从西汉始，迄于清代，选纳了经典民间谣咏与文人吟唱，亦有帝王之作，从尽量全面的角度反映了千载以来不同时代、不同地域、不同身份的人们的夏日体验，所选作品各具特色，每篇作品均配有细致解读，有助于读者充分领会夏日诗词的独特魅力，开阔读者的诗歌视野。

　　从清和的初夏，酷热的盛夏，到微凉的夏末，莲花开了又落，云朵聚了还散。闲居的快乐，劳作的辛勤，悠长的思念，低回的怅惘，一一被诗人铺于纸上，成了夏日的诗，又似一场瑰丽长梦。

　　此时蝉声消歇，秋音渐起，待冬日来，或可一执夏诗，捧卷而读，以御严寒。

目录

诗

4

6

7

8

小磨诗坊·夏

诗

怨歌行

西汉·班婕妤（前48—2）

新裂齐纨素，鲜洁如霜雪。

裁为合欢扇，团团似明月。

出入君怀袖，动摇微风发。

常恐秋节至，凉飙夺炎热。

弃捐箧笥中，恩情中道绝。

| 赏 读 |

　　班婕妤，汉成帝之妃。长于辞赋。这是一首宫怨诗，诗中将女子喻为团扇，以团扇之遭遇类比深宫中被冷落的女子的命运，譬喻贴切，词意清隽，怨而不怒。

　　诗歌前四句叙述团扇制作过程，极写其精致华美。首句写团扇质地，突出纨素之名贵与颜色之洁白：刚从织机上截断的精细绢丝，其色皎洁如同霜雪。此句喻女子出身名门，家世清贵。继而写制扇过程，突出扇面花纹的精致及外观的华美：将素白绢丝细细剪裁，绣上象征和合欢乐的吉祥图案，远远看去，光华灿烂，好似一团皎洁明月。此句喻女子美貌。"合欢"及"明月"象征女子对美好姻缘的向往，希望能够与自己的心上人长长久久地团圆。五、六句写团扇与主人相得。团扇遇到主人，受到喜爱，常常出入于主人怀袖之中，主人得到团扇，十分爱惜，轻轻摇动扇子，享受扇底微风。此句喻女子见怜于君王。后四句陡转，拟团扇口吻，道出其担忧恩宠渐衰，恐来日见弃的心理。通篇设譬，奇中见奇。"常恐秋节至，凉飙夺炎热"，就扇子言，团扇只有夏天才为人携带使用，到了凉爽的秋天，就没有用武之地；就女子言，"秋节"喻时光流逝，"凉飙"喻君王新宠，女子只有青春可人、韶华胜极时才能蒙君王怜爱，而一旦年华逝去，容颜不再，则君王弃旧取新情形可想而知。铺排至此，全诗情感已至顶峰。末句言团扇见弃下场，被弃置在盛物的竹箱内，不见天日，恩情就此断绝。失去君王宠爱的女子何尝不是如此，一经锁闭在清冷深宫中，往日绵绵情意中途画上了休止符。

　　这首诗采取欲抑先扬的手法，欲写恩情断绝，先从昔日情事起咏，增人叹惋。

子夜四时歌夏歌二十首 选三

南朝·佚名

其七

田蚕事已毕，思妇犹苦身。

当暑理缔服，持寄与行人。

其八

朝登凉台上，夕宿兰池里。

乘月采芙蓉，夜夜得莲子。

其九

暑盛静无风，夏云薄暮起。

携手密叶下，浮瓜沉朱李。

| 赏 读 |

　　《子夜四时歌》为南朝乐府民歌，收录在宋代郭茂倩所编《乐府诗集》中，多写哀怨或眷恋之情。现存七十五首，其中春歌二十首，夏歌二十首，秋歌十八首，冬歌十七首。此处选其中三首，分别为七、八、九首。

  第一首咏思妇夏日寄衣。暑热时节，田间地头的农活暂时告一段落，养蚕缫丝事宜亦已打理完毕，思妇却仍然继续劳作。"犹"字设下悬念，"思妇"之称埋下伏笔，暗示其丈夫出门在外。诗歌继而解释思妇"犹苦身"之因——"当暑理絺服"，原来是忙着料理夏衣。絺服，即夏布，以苎麻为原料，凉爽宜人。《吕氏春秋·孟夏纪》云："是月也，天子始絺。"思妇牵挂出门在外的丈夫，一心忙着料理夏衣好给丈夫寄去。全诗叙笔直下，无多润饰，却将一位农家思妇的质朴温柔刻画出来，体现出南朝乐府的民间特色。

  第二首咏夏日宫苑生活。夏天对于一般百姓而言是苦热的，因其要在太阳暴晒下劳作。对于宫廷贵族而言，情形则大不相同：清晨登上高台冶游嬉戏，有凉风习习；傍晚荡着一叶轻舟，自兰草丛生的岸边缓缓驶入藕花深处。月光如水，风送兰香，满池荷花摇曳生姿，舟中人或采莲，或赏月，或赏此清美夏夜，何等自在无忧！全诗写夏日生活，时间从清晨延伸到夜晚，地点由凉台转移到兰池，充满了宫苑中人夏日冶游的愉悦气息。另有谐音说，"芙蓉"谐"夫容"，"莲子"谐"怜子"，是民歌中常见的表现手法。

  第三首提到夏日水果。盛夏炎热，一丝风也没有。傍晚薄暮时分才聚了些云霞，有了些许凉意。诗中主人公牵着手来到被层层密叶覆盖的瓜架之下，用寒泉水浸了瓜果来吃。曹丕《与朝歌令吴质书》谓"浮甘瓜于清泉，沉朱李于寒水"，古时有条件的人家用寒泉水浸洗瓜果，以为消夏乐事。全诗语言轻快、活泼，读来爽快流利，有同啖盛夏瓜果之感。

读山海经十三首  其一

晋·陶渊明（352？—427）

孟夏草木长，绕屋树扶疏。

众鸟欣有托，吾亦爱吾庐。

既耕亦已种，时还读我书。

穷巷隔深辙，颇回故人车。

欢言酌春酒，摘我园中蔬。

微雨从东来，好风与之俱。

泛览周王传，流观山海图。

俯仰终宇宙，不乐复何如？

| 辑 评 |

【清】温汝能《陶集汇评》：此篇是渊明偶有
所得，自然流出，所谓不见斧凿痕也。大约
诗之妙以自然为造极。陶诗率近自然，而此
首更令人不可思议，神妙极矣。

| 赏 读 |

　　长夏苦热难挨，人或登高觅凉，或泛舟散怀，对于陶渊明而言，最好的消暑方式莫过于饮酒读书。

　　首四句叙时令，点出诗人居住环境之清幽。孟夏时节，草木生长繁茂，堂前屋后枝叶纷披。鸟儿们寻得栖息之所，在枝头脆声啼唱。诗人置身草庐，亦觉自在适意。此处"众鸟"与"吾"既是地理上的邻居，又是精神上的知己，彼欣有托，吾爱吾庐，流露出田园幽居之欣悦。"既耕"句写诗人亲躬稼穑，将耕种本职放在前面，解决衣食问题后方来读书。"时还"二字见出诗人重视耕种，亦见出其农闲之余执书而读的兴味与喜悦，"既已""时还"写出诗人的忙里偷闲、心安意足。"穷巷"句言居所幽僻，少有人拜访，也就少了世事纷扰。诗人并未因此感到孤独。友人来时，诗人拿出去岁酿的春酒，与其把酒话桑麻，又摘了园中新鲜时蔬以佐酒兴。宾主谈话，一场细雨随风而来，雨是"微雨"，风是"好风"，在孟夏时节殊为难得，像特意赶来赴会。人与自然相亲相融，语虽平淡而有至味。无客来访时，诗人自得其乐，捧卷而读。读《穆天子传》《山海经》之类记载怪异神奇的书，读书姿势也非正襟危坐，而是"泛览""流观"，一切随性。可知诗人读书不以功利为目的，全凭一己兴趣，自是大有乐趣。最后一句收束，以一"乐"字点醒全篇。诗人虽身居乡里，精神思绪却不受一时一地之限制，通过读书达到往来古今、出入海内的"神游"效果，可谓其乐无穷。

游赤石进帆海

南朝宋·谢灵运（385—433）

首夏犹清和，芳草亦未歇。

水宿淹晨暮，阴霞屡兴没。

周览倦瀛壖，况乃陵穷发。

川后时安流，天吴静不发。

扬帆采石华，挂席拾海月。

溟涨无端倪，虚舟有超越。

仲连轻齐组，子牟眷魏阙。

矜名道不足，适己物可忽。

请附任公言，终然谢天伐。

| 辑 评 |

【元】方回《文选颜鲍谢诗评》："首夏犹清
和"，至今以为名言。"扬帆""挂席"，古诗
尚未大巧，故不嫌异辞而同义。

| 赏 读 |

　　谢灵运，东晋谢玄之孙，好游山水，并有诗才，开创山水诗派。赤石在永嘉境内，此诗叙写诗人出海航游时的所见所闻，文辞精美，富有哲思。

　　诗歌开篇点明时令，"首夏"即初夏时节。天气清和，处处芳草，见此良辰美景，本当喜悦，然"犹"与"未歇"二词却暗示事实并非如此：二词描述当下，同时指向未来，初夏过后的"清和"不再，芳草消歇，体现出诗人矛盾悲观的心理状态。游程中，诗人几乎日夜在舟上，所见惟有云霞晦明，周而复始。诗中虽未明言，却不觉流露出一种因单调而产生的倦怠感。次句即言"周览倦瀛壖"，写出"倦"字。在海边游览，业已心生倦怠，如果横渡沧海，去到遥远的海上，大概更是观无可观。诗人兴致不高，然而终究百无聊赖地随船出海，作远海之游。"川后"句以下，转入诗歌主体部分。"川后"与"天吴"俱指水神，一则"安流"，一则"静不发"，写出自然情意。诗人所见，海面浩渺无垠，目下波平如镜，一种广袤、开阔之感充盈诗人的心胸，躁动不安的情绪顿时安静下来。诗人由先前的兴致缺缺转为意兴盎然，"扬帆""挂席""采""拾"，一连串动作描写反映出诗人的愉快心情。诗歌节奏就此转为轻快，一扫前文的凝滞沉闷。鲁仲连功成身退，逃往海上，公子牟心居魏阙，为世俗所绑，何取何舍，诗人心中已有较量，故有"适己物可忽""终然谢天伐"之语，顺应自然、恬然自保即诗人的感悟总结。

 夏日还山庭诗

南朝陈·江总（519—594）

独于幽栖地，山庭暗女萝。

涧渍长低筱，池开半卷荷。

野花朝暝落，盘根岁月多。

停樽无赏慰，狎鸟自经过。

| 赏 读 |

　　江总，南朝陈人。陈后主时居相位，不理政务，国势日败。诗风浮华绮靡，内乏情思，为当时宫廷艳体诗代表。《夏日还山庭诗》乃其作品中较为出色的一篇，写夏日山庭风物，体物细腻，兼有悲凉之音，当为晚年所作。

　　起首"独"字引出诗人形象。诗人来到山中庭院，独自行步。夏日阳光虽浓盛，却照不进这方院落，攀缘生长的女萝纠结缠绕，房檐屋角隐于荫翳之下。"幽栖"二字既写景，也写诗人心境，一个"暗"字定下全诗冷黯色调，喻示诗人此时情怀的冷落、怅惘，非一般性质的游玩赏景。三、四句铺陈山庭景物，对仗精工，体现出南朝诗歌的精美特色。水涧旁长着丛丛低矮的箭竹，池塘上开着半含半卷、欲语还休的荷花。五、六句即景入情，写诗人怀抱：山野之花在早晨寂寂地开，到夜晚就落了，树蔓藤萝盘根纠错，日复一日，年复一年，不知过了多少春秋。花的凋零让人怜惜生命无常，树的长生让人联想人生短暂，自然风物年年相似反衬出人间世事的多变，而这些，都是诗人无力改变的。诗人惊觉个体生命之渺小，而发沉郁之想，起廖落之思。"停樽"句转回对诗人的描写。古人好酒，乐以酒助，愁借酒浇，诗人此时心情尤为低沉，停了酒杯四顾，却没能找到可堪欣赏、慰藉的物事，愁情闷在怀中，借酒也化散不开，只见一只鸟独个儿经过，真是百无聊赖。全诗冷落悲凉，寄兴亡之感。

夏日临江诗

隋·杨广（569—618）

夏潭荫修竹，高岸坐长枫。

日落沧江静，云散远山空。

鹭飞林外白，莲开水上红。

逍遥有余兴，怅望情不终。

| 赏 读 |

　　杨广，生平最喜享乐，嗜游好玩。其诗作深受齐梁宫廷诗影响，多为艳体。这一首却颇具唐人风致，描绘夏日江景，意境悠远，出语自然。

　　夏日傍晚，江畔是最好去处。水边平地被竿竿绿竹环绕，笼罩在一片凉荫中。堤岸上耸立高大繁茂的青枫树，翠色葱茏。一"荫"一"坐"，为静态景物平添几分生机，同时勾画出修竹、枫树掩映生姿之图景。颔联运用动静结合的手法，摹写江上日落，开阔悠远。诗人将目光从潭边修竹、高岸长枫等近处景物转向极远之处，落日西沉，渐渐隐入沧江之后，江水还微漾着，一切声息却都静了下来。黄昏时绚烂至极的瑰丽云霞，随着夕阳余晖的消逝而散去，惟余远方绵延山群，显露出暗沉沉的影。日落是宏壮伟丽之坠沉，因其宏壮伟丽而愈显夕阳坠沉后沧江的岑寂；云散是绚烂华美之消散，因其绚烂华美而愈显云霞消散后远山的萧疏。悠远情思与开阔诗境在声响的岑寂与空间的萧疏中融为一体。颈联打破静默，写白鹭扑腾羽翅，穿飞林间，此为一动；红莲绽开花瓣，亭亭水上，又为一动。"飞""开""白""红"分写动作、颜色，景物生动活泼，色彩明艳动人，显示出诗人情感由悠远情思转为浓厚的游赏意兴，亦为尾联的"逍遥余兴"、流连忘返作一铺垫。夏日临江游赏，抛却陈杂事务，自是逍遥称意，然结句的"怅望"，除了为游赏之乐不能长久而感到遗憾外，或多或少还源自那一刻静默中内心隐隐生出的悠远之思。

　　全篇构画简净、丰盈，诗境悠远，尤以颔联为妙，情韵并生。

夏日游山家同夏少府

唐·骆宾王（638？—684）

返照下层岑，物外狎招寻。
兰径薰幽佩，槐庭落暗金。
谷静风声彻，山空月色深。
一遣樊笼累，唯余松桂心。

| 赏 读 |

骆宾王，婺州（今浙江义乌）人，"初唐四杰"之一。骆诗讲求格律，辞采华赡，好使事用典。这首诗描写夏日傍晚的山中景色，笔触细腻，谷中风声、山间月色，无不令人心生怀想。

诗人与夏少府在夏日傍晚来到山中游玩，时值落日西沉，山林笼罩在暮色之下。"返照"即落日，"层岑"指山，落日映现在重叠起伏的山峰之间，一点点地向下坠落。诗人与夏少府摆脱公务的烦扰，来到此处寻访幽胜。首联见出游者兴致之高，颔联则紧接着描写诗人在山中的所见所闻：山间小路两侧长满了芬芳馥郁的兰草，"幽佩"即兰草纫结的佩饰，屈原《离骚》有句"纫秋兰以为佩"。山居人家的庭院中长了一棵高大的槐树，淡黄色槐花在夕阳的映照下跳跃着点点金光。颈联以景物的变化写出了时间的流逝：夕阳完全沉没，鸟雀归了巢，山谷忽然陷入阒寂，光线的昏暗使得人的听觉格外灵敏，只听得风声在谷间呼啸，这夜月色深浓，映得山谷一片空明。在这里，风声、月色与谷的静、山的空相映相生，一个"彻"、一个"深"，使得这个夜晚更具深意。尾联中诗人将自己喻为摆脱牢笼束缚的鸟兽，在这个空静的山中重新找回自己有如松桂般坚贞高洁的心。诗人因此而重获自由，得到精神上的解放。全诗以景启情，语言清新，意境隽永，余味不尽。

夏日夜忆张二

唐·骆宾王（638？—684）

伏枕忧思深，拥膝独长吟。
烹鲤无尺素，筌鱼劳寸心。
疏麻空有折，芳桂湛无斟。
广庭含夕气，闲宇澹虚阴。
织虫垂夜砌，惊鸟栖暝林。
欢娱百年促，羁病一生侵。
讵堪孤月夜，流水入鸣琴。

| 赏读 |

这是一首怀友的古诗，抒发的又并不止于单纯的思友之情，还包含诗人的身世之感，情真调苦，令人动容。意象的选择极具表现力，发抒自然，将孤独写到极致。

首联从"独"字落笔，领起全诗。夏夜，万物陷入岑寂之境，伏在枕上的诗人却心事重重，辗转反侧，索性翻身坐起，抱着双膝独自沉吟。出句中的"深"与对句的"长"彼此映照，给读者留下悬念。"烹鲤"以下四句，将典故与现实糅合，表达了与友人天各一方，音讯全无的落寞，抒发诗人的牵念。古诗《饮马长城窟》有"呼儿烹鲤鱼，中有尺素书"之句，久未相见的夫妇通过"鲤鱼"传递消息，长久分别的友人却杳无音讯。"烹鲤"句展示出诗人笔法的巧妙。此处既是对古诗原意的反向运用，又与次句的"筌鱼"发生了文意上的关联。后者指做官，谓仕宦之事劳人心力。前后两句俱以"鱼"为引，衔接自然。夏季疏麻生长，古人折疏麻表示离别。四句之中，"无""空"等字眼反复出现，正是诗人落寞情绪的反映。"广庭"以下四句，写夏夜景色，选取"夕气""虚阴""织虫""惊鸟"等典型意象，渲染出冷寂凄清氛围，诗人心境如此，故而从夏夜中感受到的唯有孤独，鲜明而深刻。以至于有"欢娱百年促，羁病一生侵"的愁叹。欢愉短促，羁愁与病痛缠扰了诗人一生。末联一问，感伤至深而不失其美：孤月高悬的深夜，诗人独自拨弄琴弦，《流水》之声低低回荡，无限心事尽付曲中。《流水》本为知音奏，再次呼应诗题。

夏日南亭怀辛大

唐·孟浩然（689—740）

山光忽西落，池月渐东上。

散发乘夕凉，开轩卧闲敞。

荷风送香气，竹露滴清响。

欲取鸣琴弹，恨无知音赏。

感此怀故人，中宵劳梦想。

| 辑 评 |

【宋】刘辰翁《王孟诗评》：刘云："起处似陶，清景幽情，洒洒楮墨间。"

【明】周珽《唐诗选脉会通评林》：周珽曰："此倒薤垂露书也。大小篆皆出其下，何况俗书！"陈继儒曰："风入松而发响，月穿水而露痕，《兰山》《南亭》二诗深静，真可水月齐辉，松风比籁。"

| 赏 读 |

　　孟浩然早年隐居鹿门山，有"孟山人"之称，诗多反映山水田园生活与自然风光，风格清旷，自成一家。这首诗作于夏夕，写景自然清新，格调闲逸。诗题中所谓"南亭"当位于襄阳郊外的涧南园，"辛大"为诗人之友，二人常于南亭琴酒相邀。

　　首句点明时间，月升日落，正是黄昏时分。"山光"，"池月"，不经意间道出诗人置身的环境，乃山环水绕之所，南亭之地理位置得以交代。夏日苦热，故人皆盼清夜，一"忽"一"渐"，写炎日忽落、凉月渐升景象，诗人心愿得遂，言语之间透出喜悦。古代讲求礼节，男子平日束发戴帽，尤重衣冠，诗人出场便是"散发"，既反映诗人性格的不羁，亦将夏夕水亭乘凉的快意刻画得入木三分。不但披散头发，而且洞开亭户，当轩而卧，动作洒脱，意态超然，恍若神仙中人。夏日傍晚，悠然卧于水亭上，弃尘绝俗，闲看池月，万物无所牵怀。夏夜的风拂过面庞，送来碧荷清气，那是极细极淡的香；露水自竹枝滴落，发出清脆声响，那是极低极微的音，然而诗人捕捉到这一切，耳清目明，仿佛洞悉一切幽微。夏夜美好如斯，使人不禁想要应和、融入。诗人想起他的琴，心上一喜，继而想起听琴的人，情为之落。鸣琴虽在，知音远隔，夏夜虽美，不得与故人共赏，只能入梦相寻而已。

　　全诗即景入情，造境清幽，虽有感恨，不伤清旷风致。

唐·李颀（690？—751？）

重林华屋堪避暑，况乃烹鲜会佳客。
主人三十朝大夫，满座森然见矛戟。
北窗卧簟连心花，竹里蝉鸣西日斜。
羽扇摇风却珠汗，玉盆贮水割甘瓜。
云峰峨峨自冰雪，坐对方樽不知热。
醉来但挂葛巾眠，莫道明朝有离别。

| 赏 读 |

　　李颀，颍阳（今河南登封）人，擅七言歌行，多写边塞题材，笔力浑成，情思清澹。此处所选七言古诗，叙写夏日贵族宴饮之乐，旨在称颂主人之贤、筵席之美，章法前后勾连，婉转有致。

　　张兵曹，当为丞相张说之子张垍。诗人受邀来到张府参加宴会，在欢乐情境下写下了这首应景诗。诗歌起首点出"夏"字，次句点出"宴"字：密林环绕的张府壮丽华美，诗人与其他受邀而来的宾客到这清凉府第，只觉暑气顿消。殷勤的主人准备了美味食物招待客人。宾主会面，诗人即从宾客视角描述其在筵席上所见所闻。首先是对主人的描述：主人三十岁位列朝班，年轻有为，身居显位，此言其贵。座上罗列森然的矛戟暗示主人之贤。继而极言宴会欢乐情状，"北窗"以下六句，是对此种欢乐的具体描绘：卧席北窗之下，自陶渊明以来成为文人雅士度夏的典型姿态，主人家竹簟之上织有并蒂花纹，十分精美。竹林中蝉声鸣唱，直到斜阳西落，可见宴会时间之久。客人们摇着羽扇，玉盆里浸着甜美瓜果，室内放置冰块纳凉，其状峨峨如云峰，众人喝着美酒，丝毫不觉得炎热。末句作收束，将全诗情绪推至顶点：诗人乐饮而醉，脱了葛巾自去睡倒，正是洒脱不拘，主人亦不见怪。"醉来"承宴会之欢，"莫道"抒佳客之情，收放自如，婉转有致。

龙标野宴

唐·王昌龄（698—757）

沅溪夏晚足凉风，春酒相携就竹丛。
莫道弦歌愁远谪，青山明月不曾空。

| 赏 读 |

　　王昌龄早年家境贫寒，年近不惑方中进士，宦海浮沉，尝因事贬岭南，后又为人所谤，被谪龙标。唐时龙标尚是一处荒芜僻远之所。友人李白闻此，作诗寄之，中有"我寄愁心与明月，随风直到夜郎西"之句，表达对诗人命运的担忧。然就《龙标野宴》这首诗来看，诗人十分享受龙标生活。诗歌记叙夏日夜晚举行的野外宴会，全篇流露欢乐、悠闲气息，见出诗人情志放旷，不以官场失意为怀。

　　首句写景，点出野宴地点及时间。夏日傍晚，斜阳西落，沅溪水边凉风满怀，清澈的溪水漫漫淌着，铮钅从作响。次句叙事，写携酒相聚场面。诗人与二三好友携酒，相伴来到竹林中，开怀畅饮。使人想起魏晋时期悠游竹林的"竹林七贤"。文人多爱竹，因之有"节"，竹有竹节，人亦重品节。王子猷尝暂居一处，使人种竹，人问其故，子猷答："何可一日无此君。"竹之节重，于君子如是。诗人在此特意写竹，不言"就花丛"，不言"就草丛"，乃取其象喻清雅，以彰己志之意。末二句抒情：失意文人纵情山水本属平常，借山水风景以消遣愁闷，借杯酒欢娱以忘怀时世，但此皆逃避法，非解脱法，故每及触物聆音，未尝不情怀萧然，自伤遭际。诗人却不同，旁人听弦歌声，只觉曲中哀怨分明，触动伤情，惹起远谪荒野的愁思，然在诗人眼中，却是青山一座，明月一轮，直抵物我两忘境地。弘一法师有句云："华枝春满，天心月圆。"所道之境与此相类。

 其二

唐·王昌龄（698—757）

荷叶罗裙一色裁，芙蓉向脸两边开。
乱入池中看不见，闻歌始觉有人来。

| 辑 评 |

【明】钟惺《唐诗归》：从"乱"字、"看"字、
"闻"字、"觉"字，耳、目、心三处参错说
出情来，若直作衣服容貌相夸示，则失之远
矣。

【明】周珽《唐诗选脉会通评林》：容貌服色
与花如一，若不闻歌声，安知中有解语花也？
景趣天然，巧绝，慧绝。

【清】黄叔灿《唐诗笺注》：梁元帝《碧玉诗》
"莲花乱脸色，荷叶杂衣香"，意所本。"向脸"
二字却妙，似花亦有情。乱入不见，闻歌始
觉，极清丽。

| 赏 读 |

　　这首诗作于龙标尉任上，描写了夏日江南女子采莲情状，别具风致，清新可喜。

　　开篇透过诗人之眼写夏日江南水乡风色。湖上荷叶清圆，舟中罗裙轻软，满目翠色，像是裁剪自天地间同一抹凝碧。荷叶田田，映出摇曳荷花红白色，罗裙灵秀，衬出采莲女子桃花面，摇曳的荷花与女子的面颊，似皆由天边云霞染就，匀一层薄薄绯色。一"向"字，一"开"字，以有情之语写无情花，花自娇怯人自鲜妍，情味盎然。同时化静为动，画面鲜活，具流动美感。第三句承前两句，"荷叶""罗裙"既为一色，"芙蓉""向脸"鲜妍相如，随着采莲舟乱入荷花荡中，孰为莲叶，孰为采莲人，却不是那么容易辨认得清。此外，"看不见"亦从侧面写池中荷花、荷叶繁茂之状，密密层层的荷花、荷叶遮住小舟与采莲女子，使得诗人看不到她的身影，直到听得婉转歌声随风而送，才意识到荷花荡中有人穿行。"看不见"与"始觉"均是对诗人感受的反映，诗人在写景同时塑造了一个"观者"形象，传达其心绪变动：由初见采莲女子的惊艳叹赏，到"乱入池中看不见"的失神怅惘，最后闻得歌声，复又恍然欣喜。

　　全篇意象集中，以采莲女为中心，绘出夏日江南明媚风光，语言清丽，文辞简净。

唐·王维（701—761）

积雨空林烟火迟，蒸藜炊黍饷东菑。

漠漠水田飞白鹭，阴阴夏木啭黄鹂。

山中习静观朝槿，松下清斋折露葵。

野老与人争席罢，海鸥何事更相疑。

| 辑 评 |

【宋】刘辰翁《王孟诗评》：写景自然，造语
又极辛苦。顾云：结语用庄子忘机之事，无迹，
此诗首述田家时景。次述己志空泊，末写事
实，又叹俗人之不知己也。东坡云：摩诘"诗
中有画，画中有诗"者，此耳。

【清】黄培芳《唐贤三昧集笺注》：顾云：下"迟"
字妙。又云：三四自然如画。又云：此必有
为而云，游思悠远恬澹，胸中绝无微尘。

| 赏 读 |

辋川庄在今陕西蓝田终南山中，为王维隐居之所。此首写山中夏居生活，所绘之景自然幽寂，所抒之情疏落恬淡，乃出世语。

首联以带有温度的笔触叙写山中人事。开篇点出"积雨"，照应诗题：因积雨而山中无人，是谓"空林"，因柴湿而久点不燃，燃则有烟，故云"烟火迟"。寥寥数笔，勾勒出雨后山林之空寂朦胧。农家人"蒸藜炊黍"，提篮饷田为全诗增添几分烟火气息。"蒸""炊""饷"几个动词的连续使用，节奏明快，将农家夏日忙碌生活的紧张感表现出来。颔联紧承上句，以明快笔触摹写田间风光。雨后初晴，田间犹有积水，天光云影映入广漠田野，姿态优美的白鹭掠过农人背脊，云与天、与水、与田、与鹭，相互映衬，更兼夏木荫浓、黄鹂清啭，色彩明净，音响清脆，声色相济，一派清丽明远景象。在这样的夏日，诗人独自往来山中，时而停步伫立，凝望一株朝开的木槿，时而悠游松下，折取一枝带露的葵菜，如斯终日，不伐不求，尘俗两忘。终南山是寂静的，诗人的心比终南山更静，山中无所有，诗人却在此山中，拥有一切。尾联借《庄子·寓言》和《列子·黄帝》中两典故作结，野老终是与世无争，海鸥何必更费猜疑。末句反诘，或有轻嘲，然语意极淡，直是世外之语。

全诗写出一个"空"字，景物空寂，心境空明，作空静之想。

#

唐·王维（701—761）

帝子远辞丹凤阙，天书遥借翠微宫。

隔窗云雾生衣上，卷幔山泉入镜中。

林下水声喧语笑，岩间树色隐房栊。

仙家未必能胜此，何事吹笙向碧空？

| 辑 评 |

【清】方东树《昭昧詹言》：起二句破题甚细，不似鲁莽疏漏。帝子，岐王也，先安此句，次句"借"字乃有根。中四句突写九成宫之景。收句乃合应制人颂圣口吻。

【清】黄培芳《唐贤三昧集笺注》：对叠起最好，后人多不解此法。鲜润清朗，手腕柔和，此盛唐之足贵也。顾云：颔联宫上景，颈联宫下景。又云：使太子晋事翻案，清新俊逸。

| 赏 读 |

开元八年（720），王维跟随岐王前往九成宫避暑，写下这首七律。此诗虽为应教之作，却清朗鲜润，以生动笔触描绘九成宫的自然美景，使易于板滞落套的应景诗化腐朽为神奇，可见王维艺术功底的超凡与诗才之迅捷。

首联叙事，直承诗题，交代这首诗的写作背景。"帝子"即岐王，"天书"应诗题中"敕"字，交代岐王奉旨离开长安，来九成宫避暑之事。诗中所用字眼，诸如"帝子""天书""丹凤阙""翠微宫"均一一对叠，自然流利，俱是皇家气象。中间二联描摹景物，笔触生动、明净，写山中风光，大有野趣。云雾原飘荡山谷之中，此时却透过窗间罅隙，渐渐渗入居室内，就连人的衣袂上，亦似有薄薄云雾；山泉原流淌在峭壁之间，诗人偶然将帷幔卷起，却在镜中发现了它的照影。景象有如梦幻，将宫殿居所与山中自然的隔阂彻底打破，使之合而为一，自然与人相融相亲，彼此有情。

王维对自然的亲近，几乎体现在他的每首诗中，即便写皇室游宴的欢乐，写人的笑语，亦要隔了林子、伴着水声，远远地听。宴会自然极喧闹，而诗人置身热闹之外，是安静的。尾联抒情，情由笙声引起：诗人随同岐王来到此间避暑，仿佛进入仙人居住之所，景色秀美，心中清凉，那一曲不知谁人吹奏的笙箫，仿佛回应着诗人内心的意绪，一径冉冉向碧空飘去。

唐·李白（701—762）

我浮黄河去京阙，挂席欲进波连山。

天长水阔厌远涉，访古始及平台间。

平台为客忧思多，对酒遂作梁园歌。

却忆蓬池阮公咏，因吟渌水扬洪波。

洪波浩荡迷旧国，路远西归安可得？

人生达命岂暇愁，且饮美酒登高楼。

平头奴子摇大扇，五月不热疑清秋。

玉盘杨梅为君设，吴盐如花皎白雪。

持盐把酒但饮之，莫学夷齐事高洁。

昔人豪贵信陵君，今人耕种信陵坟。

荒城虚照碧山月，古木尽入苍梧云。

梁王宫阙今安在？枚马先归不相待。

舞影歌声散渌池，空馀汴水东流海。

沉吟此事泪满衣，黄金买醉未能归。

连呼五白行六博，分曹赌酒酣驰辉。

歌且谣，意方远。

东山高卧时起来，欲济苍生未应晚。

| 辑 评 |

【清】清高宗敕编《唐宋诗醇》：怀古之作，
慷慨悲歌，兴会飚举。

| 赏 读 |

　　此诗采取古诗体式。起首四句叙诗作背景。一"厌"字写道途艰险，羁游不乐，继以"平台访古"作解，为后文怀古之情张本。客游怀忧，只好对酒作歌，诗人想起晋人阮籍的"徘徊蓬池上""渌水扬洪波"之句，二人遭际相似，性情相类，隔代相望，怅恨尤甚。诗人此前入长安，乃欲做番事业，无奈英雄缚手，壮志难酬。尽管如此，诗人仍未放下胸中抱负，西望长安，欲归却无因。此处点出诗人忧思所寄。"人生"句破愁而出，转愁郁为狂放，以"达命"自居，饮美酒，登高楼，复见豪纵本色。"平头"四句铺陈行乐情景，极写夏日的欢乐惬意。古人销夏，自与今人不同，奴子摇扇，一扇一摇之间，凉风已至。五月盛夏，诗人却不觉其热，反谓"疑清秋"，更见诗人销夏时潇洒放松之态。杨梅每年六、七月成熟，正是夏日时令蔬菜，以玉盘盛之，一碧一红，一冰莹剔透，一香甜甘爽，想来也十分清爽怡人。凉风之中啖杨梅，佐之以皎白如雪的吴盐以渍去果酸，好一派惬意的闲夏行乐情景。人生无常，富贵难保，功业被岁月冲刷，只遗家中骸骨，"荒城"句静极，一片苍凉冷落。梁王宫阙颓圮朽灭，枚马才人无踪，笙歌散尽，只留下一个"空"。前文的铺张激昂情绪至此化作无限沉痛。"连呼""分曹"句激越至极，几近癫狂。"歌且谣，意方远"六字为调节，诗人由狂饮恢复冷静，末句之言，志深笔长。

同王十三维偶然作十首 其二

唐·储光羲（706？—763）

仲夏日中时，草木看欲燋。

田家惜工力，把锄来东皋。

顾望浮云阴，往往误伤苗。

归来悲困极，兄嫂共相诮。

无钱可沽酒，何以解劬劳。

夜深星汉明，庭宇虚寥寥。

高柳三五株，可以独逍遥。

| 辑 评 |

【明】唐汝询《唐诗解》：全篇合作，末二语
更有风韵。"伤苗"亦偶然中事。

| 赏 读 |

　　这首诗作于天宝初年，时储光羲寓居终南山，与王维过从甚密，为唱和之作。诗歌描述夏日农家生活，反映农人耕锄之辛劳，同时以白描手法勾勒出一个胸怀超然、与众不同的农夫形象，颇有晋人风致。

　　诗歌前六句描写农夫耕锄场面。首句言明时间。仲夏时节的中午，骄阳残酷，草木几乎被炙热阳光烤焦。农夫却要抓紧耕种日的每分每秒，顶着烈日、扛着锄头来到东皋。担忧天气过于炎热，干旱伤苗，农夫不时抬头去望天上飘浮的云朵，只盼其积聚转阴，没想到因注意力分散，竟失手锄伤了禾苗。六句之中，既有农夫的心理描写，又有动作描写，"看欲燋""惜工力"反映骄阳酷烈，而农夫依然辛勤不辍，"把锄"见其果决，"顾望"见其心忧，"往往误伤"四字，则道出农人的懊恼自疚。"归来"以下四句，写农夫归家后情形。"悲困"二字点明农夫劳作归来后的状态，"悲"呼应误伤苗一事，"困"为常情，悲困已极的农夫回家后，还要经受兄嫂的呵责斥骂，想借酒浇愁，却窘于囊中羞涩，辛劳疲累更加难以消释。末四句宕开一笔，转出全诗精神。如果说前半部分描述的还只是平常的农人生活，"夜深"四句所写，则成功塑造了一个别有怀抱、超脱世俗的农夫形象：更深人静时，农夫来到庭宇中，仰望满天繁星，感受夜色的空虚清寂。院中种着三五株高大柳树，月色下更见朦胧，农夫俨然成了晋时的陶渊明，独对柳树起逍遥之思。结语尤有韵致。

陪郑广文游何将军山林十首 其二

唐·杜甫（712—770）

百顷风潭上，千章夏木清。

卑枝低结子，接叶暗巢莺。

鲜鲫银丝脍，香芹碧涧羹。

翻疑舵楼底，晚饭越中行。

| 辑 评 |

【清】仇兆鳌《杜诗详注》：二章，志林中景物之胜。首二为纲，三四承夏木，五六承风潭。末乃触景而念昔游。风潭覆以夏木，见其萧森可爱。

| 赏 读 |

　　这首诗叙写诗人与友人郑虔山林游玩经历。开篇写水，以"百顷"状水面之浩渺开阔，次句写树，"章"指大树，以"千章"状夏木之繁盛广袤。潭面一望无际，水波清澈，风从远处吹来，泛起微微涟游。水潭四周是高大的树木，在这炎热夏日带来珍贵荫庇与清凉。颔联随着诗人游玩脚步转移焦点，内容上却仍紧承首联之"夏木"：低垂树枝上结满夏天的果实，叶叶相接的丛林深处传来莺鸟啼唱，但闻其声，不见其形，故曰"暗巢莺"。至此，这首记游诗还只允称工稳，然而颈联横宕一笔，使这首诗焕发出强劲活力，不但内容新鲜活泼，写法亦颇为高妙。诗写二妙物，鲫鱼与芹菜，诗人用十二字集中进行叙写：有滋味，"鲜鲫"；有形状，"银丝"；有做法，"脍""羹"；有气味，"香芹"；有颜色，"银丝""碧涧"，十二字一过，令观者垂涎三尺。这两样食材原是江南风物，杜甫早年曾去吴越漫游，对那段欢乐时光念念难忘，如今在长安山林中尝到，真是追思往事，其幸如何！故尾联云"翻疑舵楼底，晚饭越中行"，舵楼指有叠层的游船，诗人尝了切成细丝的新鲜鲫鱼，品了用碧涧水煮的清香芹羹，一时无酒亦自醉，怀疑自己所乘的游船是否已在晚饭时不知不觉间来到越中之地，真是梦幻难言。此诗写物精妙委婉，写情纯粹深厚，是为佳篇。

唐·杜甫（712—770）

永日不可暮，炎蒸毒中肠。

安得万里风，飘摇吹我裳。

昊天出华月，茂林延疏光。

仲夏苦夜短，开轩纳微凉。

虚明见纤毫，羽虫亦飞扬。

物情无巨细，自适固其常。

念彼荷戈士，穷年守边疆。

何由一洗濯，执热互相望。

竟夕击刁斗，喧声连万方。

青紫虽被体，不如早还乡。

北城悲笳发，鹳鹤号且翔。

况复烦促倦，激烈思时康。

| 辑 评 |

【明】王嗣奭《杜臆》卷三：本苦炎蒸之毒，而偏说"华月""疏光""羽虫""飞扬"，虽微物亦有苦中之适；而后转到荷戈之士，得情得势。

| 赏 读 |

　　乾元二年(759)夏,杜甫归华州,目睹百姓流离之状,写下此诗。这首诗由夏夜纳凉写到羽虫飞舞,到守边将士负戈外戍,为之发悲慨声,由一己念及天下苦热之人,见出诗人情感之深厚与人格之伟大。

　　首四句慨叹夏日苦热,为第一叹。"永日"即长日,夏季昼长夜短,白昼烈日当空,让人觉时日漫长,心盼日暮,日暮却姗姗来迟。"炎蒸"句极言暑热酷烈,令人心肺焦灼。因之盼望浩荡长风,吹我襟裳以解暑热。"昊天"以下八句为一转,写夏夜纳凉所见,叹生灵性常,物情各适。夏夜天空现出一轮明月,月光透过茂密树木洒落,极为疏淡。这样的清凉时光持续不久,夜晚很快就会过去,诗人遂推开窗牖纳凉,在月光下看得到极细微的事物,比如小小羽虫就着月色起舞。人和羽虫在这夜同感自在,生命与生命的差别被减至最小,只留下相通的欣悦。诗人并非突然想起负戈外戍的士卒,实念兹在兹,于家国苍生,未尝一日忘之。士卒连年戍守边地,艰苦卓绝难以想象,在这样炎热的夏,怕是尽情沐浴也不能。诗人忍不住开口劝告,"不如早还乡!"却亦是无可奈何。末四句回转眼前,短夜已尽,天色将明。悲笳、鹳鹤种种声响相继大作,夜梦被打破,白昼再次降临,诗人内心的悲郁烦恼顿时激荡:这天下,何时康宁!

　　诗歌几度转折,皆情之所至,笔深意长,极具力量。

##

唐·杜甫（712—770）

万里桥西一草堂，百花潭水即沧浪。

风含翠篠娟娟净，雨裛红蕖冉冉香。

厚禄故人书断绝，恒饥稚子色凄凉。

欲填沟壑唯疏放，自笑狂夫老更狂。

| 辑 评 |

【清】杨伦《杜诗镜铨》：读末二句，见此老倔强犹昔。邵子湘云：《宾至》苍老，《狂夫》萧散，各是一种风格。

| 赏 读 |

　　此首七律作于成都郊外浣花溪畔。上元元年(760)，杜甫得到友人资助，在此盖了一间草堂，为庇身之所。全篇由景即事，由事而情，落语工稳，笔力雄健，有萧散风神。

　　首联点出诗人居所，在万里桥西，临百花潭，亦即浣花溪。"沧浪"指归隐之所，诗人将浣花溪视作沧浪水，有隐逸田园、于此终老之意。颔联紧承上句，描写草堂清幽环境。刚下过一场雨，"含"字写出风从翠竹间拂过，清新明净；"裛"字写出被雨水沾湿的绯色莲花冉冉生香，更增活色。此外妙用叠词，"娟娟""冉冉"既妥帖写出翠竹之"净"、红蕖之"香"，又使音韵轻柔流利。草堂时期的杜甫难得过上安宁的生活，本拟幽居江村度夏，无奈"厚禄故人"没了音信，杜甫一家生活失去保障，陷入困顿，遂有"恒饥稚子色凄凉"。前后句对仗工稳，一因一果，对杜甫而言是双重打击：既与知交好友失去联系，又要忍看小儿饱受饥饿，受到贫穷重重围困。沦落至此般困窘境地，常人或悲愤交加，诅咒命运不公，或消沉麻木，向生活低头。然而杜甫不同，他既不诅咒，也不消沉，而是"疏放"，是"自笑狂夫老更狂"，呼应标题。"欲填沟壑"指填尸沟壑，也就是死，死亡没有让杜甫恐惧。面对死亡，杜甫笑，而且大笑。在杜甫的笑声中，有对个人性格遭际的自嘲，有对纷乱时事的忧怀，更有对生命的极度热爱。

　　此诗前半写景清丽，后半叙事沉痛，为反衬手法，其景愈清丽，愈衬出情事沉痛，于此沉痛遭际下出此清丽语，愈觉杜甫之伟大。

唐·司空曙（720？—790？）

独游野径送芳菲，高竹林居接翠微。

绿岸草深虫入遍，青丛花尽蝶来稀。

珠荷荐果香寒簟，玉柄摇风满夏衣。

蓬荜永无车马到，更当斋夜忆玄晖。

| 辑 评 |

【明】胡震亨《唐音癸签》：司空虞部婉雅
闲淡，语近性情。

| 赏 读 |

　　司空曙，大历年间进士，广平（今河北广平）人。生性耿介，为人磊落，富诗才，名列"大历十才子"。本篇为寄给元晖的怀友之作，诗歌描述诗人早夏时节的所见所闻所感，以细腻笔触摹写秀丽的自然风光，情感深挚。

　　首句"独游"二字劈空领起，统摄全诗。前两联俱写诗人独游时的见闻，初夏新至，暮春方尽，诗人于郊野小径独步闲游，以送残春芳菲。一径走着，离开为高竹围绕的林中居所，来到附近的翠微山中。"高竹林居"见环境之清幽，"翠微"二字将初夏草木葱茏形容殆尽，下语贴切。颔联写山中所见，体物细腻。"绿岸"句言水畔青草丛深，将堤岸覆上满目碧色，夏虫躲藏在草丛深处，时时鸣唱，仿佛无处不在。此处既有形象，又有色彩、声音，层次了然分明，不显芜杂。"青丛"句写此处花开尽，蝴蝶也很少见，只留满目青色，落回"送芳菲"一事上，思致谨密。颈联情事陡转，由送芳菲转为迎早夏，只见：荷叶珠润，荷花烂漫，瓜李盛于冰盘之中，诗人卧于凉席之上，扑鼻闻香，触手生凉，更兼玉扇轻摇，体被夏衣，微风习习，何等惬意。末句以抒情收束，"蓬荜"句谓终日无人来拜访诗人，其情有二：一则因居所幽僻，远隔尘俗，故少却许多人事纷扰，诗人正好落得清闲自在；一则清闲中或又有几分寂寞，诗人盼望能有知交来访，彼此叙谈，故引出结句的夏夜忆友人，水到渠成，直陈对友人的思念之情。

 酬李端校书见赠

唐·司空曙（720？—790？）

绿槐垂穗乳乌飞，忽忆山中独未归。

青镜流年看发变，白云芳草与心违。

乍逢酒客春游惯，久别林僧夜坐稀。

昨日闻君到城阙，莫将簪弁胜荷衣。

| 辑 评 |

【明】王夫之《唐诗评选》：温润为中唐首唱。

【清】金圣叹《贯华堂选批唐才子诗》：相
其七、八，乃是李端校书新来都城，有所
投赠，而司空赋此酬之。乃人且新来，而
我反欲去，且言无不尽去，深嫌只有我未
曾去，真令新来人兜头一杓冷水也。

赏 读

这是一首酬赠之作，文辞温雅清润，描情绘景俱有冲和之美，叙写从容，格调高旷。

首句通过景物描写点明时令，"绿槐垂穗""乳乌飞"皆为典型初夏景致，清新可爱。次句由眼前景物起怀想，"忽"字引出诗人触景生情。初夏绿槐荫浓，垂下洁白花穗，羽翼未丰的乌雏在练习飞行，诗人看着眼前景致，意识到初夏已然来临。此时山中槐花当更多，然而自己为公务所系，未能入山寻夏。"独未归"三字，流露诗人寓居京城，思念故山的怅然。颔联承上，由未归故山的怅然更进一步，书写诗人年华老去，身心相违境况。诗人揽镜自照，从白发中看到流年的逝去，心里牵念着山中白云与道旁芳草，却始终与心愿相隔。"青镜流年"象征一去不回的时间，"白云芳草"象征遥不可及的空间，诗人在时、空的维度上描述生命中那些无法挽回、无从实现的事物与心愿。

颈联宕开一笔，运用对照手法叙写诗人的日常交往。"酒客"与"林僧"显然属于两类截然不同的人物，前者属于世俗，后者属于山林，不难想到诗人的心之所向，然而实际情况却是"所交多酒客"，久未前去拜访林僧，再一次反映诗人的身心矛盾。经过前三联反复铺排，尾联对友人的劝告落得水到渠成："簪弁"指代冠冕朝服，"荷衣"喻指隐士装扮，诗人谓"莫将簪弁胜荷衣"，乃劝隐之意。全诗意境冲淡，语意平和，温柔敦厚。

唐·贾弇（？）

江南孟夏天，慈竹笋如编。
蜃气为楼阁，蛙声作管弦。

| 赏 读 |

　　贾弇，长乐（今福建）人。大历二年（767）进士。此处所选是一首活泼的夏日绝句。诗中择取慈竹、蜃气与蛙声等景物，描绘孟夏时节的江南风景，语言清畅质朴，音韵悠扬，节奏明快。

　　首句"江南孟夏天"开门见山，点出题旨。"江南"代表的不仅仅是一个宽泛的地域概念，更是桃花流水、烟雨霏霏，是温柔，更是惊艳。无论在心理还是文化层面，江南的意义都远远超出字面上的认知。诗人为我们描绘孟夏江南风景，起句破题，宕笔直叙，不见修饰，似乎"江南"二字本身已足够美丽，足以引起人们关注。名意明晰，起笔大方沉稳。孟夏是夏季第一个月，亦即农历四月。时值初夏，江南最负盛名的莲花还未完全开放，另一种植物在此时茁壮成长，显示出勃勃生机。这就是"慈竹"。慈竹是竹子的一种，其嫩竹枝干森束，有如母子相依，人多以其喻母之慈爱，故得名。诗人笔下的慈竹笋，如编织物一般密集有序地生长，新生的竹笋与流转的时序相得益彰。第三句描述"蜃气"注入了来自人类的浪漫想象。初夏时节，光线穿过密度不一的空气，通过折射反应将远处的景物显现在空中，古人认为这是海中大蛤呼气形成的幻影，故称之为"蜃气"。诗人描绘这一奇景，使孟夏江南更添几分神秘气息。妙的是，诗人续笔描写青蛙叫声，谓其声有如管弦，这样一来，池塘里的青蛙俨然成了一支组织稍显混乱的乐队，在青草深处倾情演奏，充满节日欢乐气氛。联系前文提到的吐气为楼阁的大蛤，万物皆亦似有了情意，天地生灵俱在这孟夏江南尽情嬉戏，想象浪漫。

夏日寄东溪隐者

唐·耿湋（？）

日华浮野水，草色合遥空。
处处山依旧，年年事不同。
闲田孤垒外，暑雨片云中。
惆怅多尘累，无由访钓翁。

| 赏 读 |

耿湋，河东（今属山西）人。颇有诗名，与时人卢纶、钱起、司空曙等人交游，名列"大历十才子"。其诗歌风格趋于平易，无多削琢，时有胜语。此处选其五律一首，是写给隐士的诗。在这首诗中，诗人为尘俗所累，连拜访隐者的机会亦无，惆怅而作，其情可叹。

诗歌开篇展示一幕极为开阔辽远的场景：郊野水面上波光粼粼，浮动点点金斑，那是洒落的阳光，随水波沉浮荡漾。碧草大片延伸铺展到遥远的天边，甚至于远方模糊地平线上，还带着隐约草色，映得天空似乎也成碧色。"处处山依旧，年年事不同"，"处处""年年"二叠词在此形成鲜明对照，空间与时间相互映照，永恒的自然与错综的人事发生对比。

山间处处风光好，纷繁复杂的人事却一直缠扰着诗人，游山的愿望与芜杂的现实长期相违，貌似平常的十个字，隐含诗人无奈喟叹。颈联写诗人眼前景物，简洁传神。被闲置的田地，孤然矗立的堡寨，带暑气的雨及铅灰色的云，如同一幅简笔素描，与首联同为远景描绘。远眺的视点背后，隐藏诗人的不得已，因其"惆怅多尘累"，公务繁忙，为尘俗繁杂之事羁绊其身，故而对夏日山林风光，只能远远地望上一望。诗人与那位住在东溪的隐者生活在两个世界，后者闲适自在，前者身不由己，连夏日一访亦不能如愿。"惆怅"二字实为淡语，隐藏在"无由访钓翁"一事背后的，是更为庞大、难以卸负的人生。

燕居即事

唐·韦应物（737—792）

萧条竹林院，风雨丛兰折。
幽鸟林上啼，青苔人迹绝。
燕居日已永，夏木纷成结。
几阁积群书，时来北窗阅。

| 赏 读 |

　　韦应物，长安（今陕西西安）人，曾任苏州刺史，有"韦苏州"之称。诗多描写山水景物及隐逸生活，语言朴素简洁，风格闲远，冲淡有味。此处选其五律一首，写夏日闲居生活，景物幽寂，情怀淡泊，怜人世纷繁，尚有一方清静怀抱。

　　诗题所谓"燕居"，指诗人退朝后幽居闲处。开篇写景，以"萧条"定基调，写出庭院清凉静谧。院子四周是竹林，已是阒寂，丛生兰草被风雨摧折，更减生机，在诗人看来，却没什么可顾惜，萧条也好，风雨也罢，都是自然。这种感情上的冷静与周遭景物的深静相得益彰。诗人与自然融合无碍，故而笔下无所不至，行止自如。林中幽鸟不时啼叫几回，地上因久无人经过长满青苔。人迹断绝暗示诗人居所之幽僻及生活之清静。颈联写闲居时日之久，"日已永"指时间很长，夏日往往给人漫长之感。一则以热，一则因昼长夜短，在诗人这里，则又添一分静，燕居终日，无所用心，诗人在一份闲静中更为真切地体会到时日之永。下句"夏木纷成结"，则借夏木结果一事，进一步坐实燕居之"日永"。至此读者不禁要问，漫漫长夏，诗人深居家中，要如何度过呢？故道韦苏州笔下，神行自然，尾联即以读书之乐作回答：楼阁里、桌案上堆积着各种各样的书，诗人不时就会来到北窗下，捧卷而读。诗人之形象自然画出，纵全诗无一字写诗人情志，却令人不觉生出向慕之心。

夏景园庐

唐·韦应物（737—792）

群木昼阴静，北窗凉风多。

闲居逾时节，夏云已嵯峨。

寮叶爱繁绿，缘涧弄金波。

岂为论夙志，对此青山阿。

| 赏 读 |

　　这首诗系建中元年（780）夏间所作。诗歌叙写夏日山居生活，延续了韦诗一贯的恬淡清远风格。在诗人笔下，似乎另有一个世界。人居住其中，没有尘俗喧扰，没有酷暑侵袭，甚至连语言也是多余：树木、凉风、夏云、枝头绿叶、山涧水波，凡山中所有，无不可爱，无不美丽，一切使人称心如意。

　　诗歌首联定下基调，抓取"昼阴""凉风"两个特定意象，写出夏日气息。四周高大树木挡住夏天过分热情的阳光，投下深浓阴影，小园中更增一份深静。北窗下不时有凉风吹来，教人神思清爽。闲居无事，日子一天天过去，夏意渐深。某日间抬头，忽瞧见漫天里堆着夏日的云，各自聚成一团。有形似大大小小各种动物的，有如同车乘宝幢的，更有嵯峨如山的，形形色色，姿态各异，皆悬在空中，一色雪白，衬得天幕蓝沁沁的，分外好看。"嵯峨"原是形容山势高峻，此处用来形容夏云，正传写其神韵。诗人于是走出户外，又是搴叶赏绿，又是缘涧弄波，一个"爱"字、一个"弄"字，写出诗人醉情山水的盎然意兴。此外，繁叶的绿，水波的白，阳光的金，皆为诗歌镀上一层斑斓色彩，更显出夏日郁郁生机。诗人素来拥有感知美的天赋，更有沉醉于美的闲情，末句谓"岂为论凤志，对此青山阿"，颇似陶潜诗中的"此中有真意，欲辨已忘言"。陶诗对于"真意"的忘言，韦诗对于"凤志"的不语，体现出对于"大道无言"的自心领会。诗人立着，对着青山，像彼此知道彼此的心事。以此作为全诗收束，意韵悠长。

夏冰歌

唐·韦应物（737—792）

出自玄泉杳杳之深井，

汲在朱明赫赫之炎辰。

九天含露未销铄，阊阖初开赐贵人。

碎如坠琼方截璐，粉壁生寒象筵布。

玉壶纨扇亦玲珑，座有丽人色俱素。

咫尺炎凉变四时，出门焦灼君讵知。

肥羊甘醴心闷闷，饮此莹然何所思。

当念阑干凿者苦，腊月深井汗如雨。

| 赏 读 |

　　这首诗系建中初年夏，韦应物在长安时所作。诗歌描写冬日凿冰贮藏，夏日饮冰消夏之事。据史料记载，早在商周时期，人们就已经开始贮冰，并设立"凌阴""冰厨""冰鉴""冰井"等专门藏冰之所，用以冷藏食物，或留冰备取。诗人在这首古诗中采用对比手法，将夏冰开凿者的艰辛劳苦与贵族享用者的奢侈娱乐进行艺术对照，通过两个阶层之间苦乐悬殊的鲜明对比，揭示唐代社会的严重不公现象，表达对底层劳动者的深切同情。

　　诗歌起首言取冰之不易，以其开采不易显示夏冰之珍贵。寒冬时节，劳动者在幽深晦暗的地下井泉中开采、贮存寒冰，到炎热的夏天，再从冰井中取出。"九天"以下六句，叙写宫廷贵族以冰为戏，享用清凉的情形。趁着冰块刚刚取出，还只沁出点点寒露，尚未融化前，君主下令打开宫殿大门，将冰块赐予各色贵人。只见盘中所盛碎冰有如坠落的玉屑，方冰有如经过切割的美玉，凛凛寒气使得粉色墙壁上、象牙制的席子上，都见微霜生寒。玉壶、纨扇同样在寒冰映衬下显得玲珑可爱。在座的美人冰肌玉骨，亦与冰同色。"咫尺"句陡转，引出对与贵族同夏而不同寒凉的下层百姓的描写：咫尺之内，贵人伴冰生凉，咫尺之外，百姓酷热难当。这一分别如此明显，好像四时节气都被改换，吃肥羊、饮甘醴的贵人们怎么会知道门外的焦灼炎热，诗人却想到那些辛苦凿冰的人，心中闷然不乐。"当念阑干凿者苦，腊月深井汗如雨"，凿冰者挥汗如雨的劳作场景被诗人摹写得栩栩如生，如在目前。由自身之凉而念及他人之热，生悲悯心，乃诗人可敬之处。

唐·裴度（765—839）

登楼逃盛暑，万象正埃尘。

对面雷嗔树，当街雨趁人。

檐疏蛛网重，地湿燕泥新。

吟罢清风起，荷香满四邻。

| 辑 评 |

【元】方回《瀛奎律髓》卷十七：此篇见《文
苑英华》，句句清切。"嗔"字、"趁"字，
尤见夏雨之状。

【清】纪昀《瀛奎律髓刊误》卷十七：三句
粗犷。

| 赏 读 |

　　裴度，字中立。贞元初进士及第，曾任门下侍郎平章事，后封晋国公，晚年徙东都留守，建绿野堂以自适。这首诗咏夏日雨，分别描写雨前、雨中、雨后诗人的所闻所感，体物细腻，格调昂扬。

　　首联点明诗题中"夏日"二字，写诗人登楼所见，是为雨前。登上高楼或高台，乘凉避暑，是古人常见的避暑手段之一。下一"逃"字，极言此日暑热之盛。诗人登上高楼，时有长风入怀，目之所见乃一片迷离惝恍。烈日炙烤下，大地仿佛失去水分，干燥至极。空气中萦绕缕缕薄烟，像是一切在燃烧，俱化作细密尘埃。颔联直接叙述下雨场面，兼顾视觉、听觉两方面，是为雨中。出句先声夺人，写惊雷乍起，就在"对面"，可见雷声响起的地方离诗人所在高楼十分相近，"雷嗔树"既从正面叙写雷声，又暗写雷响之前闪电划过树梢之景状，视听结合，结构紧密。"当街雨趁人"描写骤雨忽落，行人奔走躲避场面，一"嗔"一"趁"俱为拟人修辞，雷似发怒，雨似逐人，将无情之自然现象化作有情之审美对象，平添活泼生动之感。颈联由人及物，写蜘蛛网、燕巢泥，体物精微，描写细腻。由于屋檐有漏缝，雨水打湿了蜘蛛网，因而"蛛网重"；雨水打湿土地，燕子衔来做巢的泥土变得清新。尾联回转到人，以诗人感受收束全诗，是为雨后。诗人吟罢，雨停云收，高楼当空，有清风吹拂，雨后新荷香气借着清风扬散开去，惬意非常。

 雨过山村

唐·王建（766？—832？）

雨里鸡鸣一两家，竹溪村路板桥斜。
妇姑相唤浴蚕去，闲着中庭栀子花。

| 赏 读 |

　　王建，颍川（今河南许昌）人。与张籍交好，世有"张王乐府"之称。其诗取材广泛，或来自山水田园，或取自边塞军旅，或反映宫廷生活，艺术技巧圆融高妙，思想深刻。

　　这首绝句乃诗人行途中所作。诗歌描摹山村夏日景色，采取白描手法，笔触细腻，清新如风俗画卷。诗歌首句扣一"雨"字，写出山行所闻，次句扣一"过"字，绘过村所见。走在细雨霏霏的山道上，忽听得不远处传来声声鸡鸣，转过山脚，便瞧见几户人家的屋影。"鸡鸣"是典型的农家小景，透着人间烟火气息，乡野人家分布的疏疏落落，则是由于山中地势之故，"一两家"的形容，写出山村之幽静。次句写诗人路过村子，笔触随着视点而移动：道旁竹林青翠，一条小溪淌过，水声泠泠，雨声沙沙。溪上斜设着一座板桥，通往村中。此处绘溪畔青竹、板桥横斜，又是一景，以溪水为主题。第三句转入村中，描绘人物，用朴淡之笔勾勒，形神毕肖。村中的妇姑们相互呼唤着，纷纷结伴去浴蚕。"浴蚕"就是洗蚕种，古时用盐水选蚕种。"相唤"二字写出妇姑之间的和睦，亦见出山村的人情美，彼此相呼相伴，一同劳作，辛勤中孕育出欢乐气氛。末句写雨中栀子，尤为妙笔，见出诗人情致。妇姑呼唤同伴的声音让山村很是热闹了一阵，而随着人群的离开，喧闹声渐渐平息，山村又恢复了一贯的宁静，这是热闹后的安静，故愈显其静。在这样的宁静中，庭前的一树栀子花在雨中安然盛放，诗人不写其香，不写其色，却写其"闲"，别有妙趣。农人自去忙碌，花朵自在开放，这是山村生活的一点闲情，落入诗人眼底，晕染出一纸诗意。

唐·韩愈（768—824）

山石荦确行径微，黄昏到寺蝙蝠飞。

升堂坐阶新雨足，芭蕉叶大栀子肥。

僧言古壁佛画好，以火来照所见稀。

铺床拂席置羹饭，疏粝亦足饱我饥。

夜深静卧百虫绝，清月出岭光入扉。

天明独去无道路，出入高下穷烟霏。

山红涧碧纷烂漫，时见松枥皆十围。

当流赤足蹋涧石，水声激激风吹衣。

人生如此自可乐，岂必局束为人靰。

嗟哉吾党二三子，安得至老不更归。

| 辑 评 |

【明】陆时雍《唐诗镜》：语如清流啮石，激
激相注。李、杜虚境过形，昌黎当境实写。

【清】刘熙载《艺概》：昌黎诗陈言务去，故
有倚天拔地之意。《山石》一作，辞奇意幽，
可为《楚辞·招隐士》对，如柳州《天对》
例也。

| 赏 读 |

贞元十七年（801）夏，韩愈自徐州赴洛阳，作《山石》一篇，记叙旅程中的一个片断。诗人偶寄古寺而感悠然自在，顿生归去之念。全篇以诗人行踪为序，从山路行进、黄昏入寺到赏雨观画、留宿寺中，至旦日天明独去，一一写来，层次分明。整首诗洋溢诗人盎然轻快的游兴，一气贯注，笔力刚健，读来清新自然，其中"当流赤足"一句最具风神。

开篇即叙行旅，点明时间、地点。诗人一路走来，多见山石欹崎磊落，山行道路狭窄，行进速度因此变慢，到达古寺时见蝙蝠飞过，已是黄昏。进入古寺后不久即下了一场雨，诗人坐在台阶上观雨，看雨水打落在阔大的芭蕉叶上，洗出玉一样的碧色。栀子饮雨罢，显出肥饫润泽之态。"新""大""肥"虽是状物，同时透露诗人心中有如郊游孩童般的喜悦。以"大"写芭蕉，"肥"状栀子，下语最妙，大巧若拙，有苍莽天然之感，不落俗套。其后写僧人引观壁画，又是铺床拂席，备置羹饭，以诗人之眼见出主人殷勤诚意，乃人情之美。深夜静卧，耳闻得虫鸣声渐渐隐去，一轮清月升上山岭，光照窗扉，其境清绝。天明独自上路，山间烟岚弥漫，诗人穿行其间，但见山岩泛红、涧水流碧、松枥树高耸粗大，鲜妍明媚之中蕴藏蓬勃生机。此情此景令人神思清畅，诗人于是脱了鞋，赤足踏上山涧旁的岩石，听急湍溅石，任长风吹衣，诗至此尽脱羁绊，唯有自由，唯有天然。后四句以陈情收束全篇，喜而复叹，情为抑扬，使人掩卷不尽。

题张十一旅舍三咏榴花

唐·韩愈（768—824）

五月榴花照眼明，枝间时见子初成。

可怜此地无车马，颠倒青苔落绛英。

| 辑 评 |

【清】朱彝尊《批韩诗》：两诗（按指此诗
与《题张十一旅舍三咏·井》）意调俱新，
俱偏锋。

| 赏 读 |

这是一首描写石榴花的咏物小诗，笔法别致，意趣清新。

这首诗可分两层，其中第一、二句为一层，对石榴花及果实进行正面描写；第三、四句为一层，以"可怜"一词领起，转写诗人对石榴花的喜爱与叹赏，同时寄托物外之志。叙写层次井然，落落分明。一般描写花朵多从颜色入手，或描述其香，如李清照咏桂花，谓"暗淡轻黄体性柔，情疏迹远只香留"（《鹧鸪天·桂花》）。诗人别出心裁，没有直接描述石榴花的颜色，而是讲述石榴花带来的视觉效果。庭院之中，石榴花灼灼开放，流转于花瓣上的强烈阳光使花朵展现旺盛生机，一眼望去，立即就被其鲜妍明媚牢牢抓住视线。五月的石榴花，好似会发光。次句由花朵自然过渡到石榴果，五月时节尚早，枝头已偶尔可见刚刚结成的果实。"初"字写出开花结果过程中的生命喜悦。"可怜"一词可作二解：一为"可惜、怜悯"，一为"可人、可爱"，作为直接反映诗人情感倾向的关键，对这一词语的不同解读造成对诗歌意旨的差异性理解。作可惜、怜悯解，则三、四句表达的是对石榴花的美丽无人欣赏的叹怜，移于人物，则抒发怀才不遇、世无知音的落寞；若作可爱解，即表达诗人对生长清幽之境，得以自然开落，无人打搅的石榴花的欣赏，逆物求志，可见诗人甘于寂寞，清静自守的高洁情操。读者可自会其旨趣。尾句摹写石榴花落景状，以青苔为衬，明丽如画。

道州夏日早访荀参军林园敬酬见赠

唐·吕温（771—811）

高眠日出始开门，竹径旁通到后园。

陶亮横琴空有意，任棠置水竟无言。

松窗宿翠含风薄，槿援朝花带露繁。

山郡本来车马少，更容相访莫辞喧。

| 辑 评 |

【唐】刘禹锡《吕君集纪》：年益壮，志益大，
遂拔去文字，与隽贤交，重气概，核名实，
歆然以致君及物为大欲。

| 赏 读 |

　　吕温，河中府（今永济市）人。贞元十四年（798）登进士第，得王叔文赏识，荐为左拾遗，后得罪权相李吉甫，贬道州刺史，徙衡州，世称"吕衡州"。吕温诗浅净自然，多纪游记事之作。今选其七律一首，乃与友人夏日酬答之作。诗人时任道州刺史，在一个清晨去荀参军府中拜访，见夏日园林风物清美，故成此篇。

　　这首诗虽然属于宾主酬答类的应景诗，却没有一般社交诗作的虚浮造作，文词清畅浅净，情怀潇洒澹然。开篇写夏日清晨访友，却以"高眠"二字领起。"高眠"指睡得很安稳，往往一觉醒来已是日迟迟，故又有"日出始开门"之语。这一句主人公所指并不明确，既可看作诗人自况，亦可看成对友人荀参军的描述，字里行间透露出欣羡之意：因心无挂碍，身无俗务，才能高枕安眠到夏天日出时分。"始"字见出主人慵懒神情，这与素日公务缠身的地方官员形成鲜明对照。次句叙主人迎客，写夏日竹林荫庇的小径一路通往荀府后园，此诗人眼中所见。颔联用二典故叙写宾主情意，一典用陶渊明的琴，寄托淡泊之志；一典用任棠的水，表箴诫之意。昔日汉阳太守庞参拜访隐士任棠，任棠一句话不说，仅在门前放一筐薤菜和一盆水，随同主簿以为任棠倨傲，庞参想了想，却说："棠是欲晓太守也。水者，欲吾清也。"琴也无声，水也无言，懂得的人却能听出弦外之音，言外之言，知音一遇，殊为人间幸事。颈联转而描摹夏日林园风物，写出浓浓夏意。窗外松树含翠，微风吹来轻薄凉意，木槿花在早晨开放，鲜润花瓣上还留着许多露水。此情此景，教人眷恋，尾联抒发诗人希望常来拜访荀参军的愿望，表现宾主相得与殷殷情谊。

唐·刘禹锡（772—842）

千竿竹翠数莲红，水阁虚凉玉簟空。

琥珀盏红疑漏酒，水精帘莹更通风。

赐冰满碗沈朱实，法馔盈盘覆碧笼。

尽日逍遥避烦暑，再三珍重主人翁。

| 辑 评 |

【明】胡震亨《唐音癸签》：禹锡有诗豪之目。
其诗气该今古，词总平实，运用似无甚过人，
却都惬人意，语语可歌，其才情之最豪者。
司空图尝言：禹锡及杨巨源诗各有胜会，两
人格律精切欲同；然刘得之易，杨却得之难，
入处迥异尔。

赏 读

　　刘禹锡，字梦得，洛阳人。与柳宗元交好，为同榜进士，善诗文，诗歌风格精警练达，有"诗豪"之称。本篇为大和年间诗人在长安时所作。诗歌描写唐代贵族的夏日避暑生活，铺排景物，撷彩设色，极尽华丽，处处流露出富贵气象。

　　诗歌开篇按照宴饮诗的惯例，叙写聚会地点——水亭的周边环境。诗人首先摹写竹子与莲花两种意象，并且从颜色、数量两个方面对之加以巧妙安排：竹子青翠，莲花绯红。千竿翠竹成林，蔽日成荫；数朵红莲照水，袅袅婷婷。就空间位置言，乃从上至下，从陆地到水中，皆勾勒出鲜明轮廓。次句兼写"水阁""玉簟"等具夏日风情的物事，点出时令。一"虚凉"一"空"，正见水亭开阔通风，自然生凉。二、三联即围绕宴会来写，铺排驸马宅所用器物之精美奢华。琥珀作的酒盏，水晶制的帘幕，皆晶莹剔透，触目生凉。此联虽只摹写宴会陈设，然而盏中酒液通红，帘上真珠莹润，水亭之中，凉风习习，众人推杯换盏，笑语喧哗之情形历历可想。更兼碗中有宫中赐的寒冰，浸了各色红艳艳的果子，盘中有宫中依法制作的食物，尚笼着碧纱罩，冰碗玉盘，又是朱碧相衬，不仅独道出宴会席上热闹珍异，更兼写尽主人家的清贵侈华。尾联以赞叹和祝福语作结，正是宴饮诗常例。"逍遥"二字作为诗人对今日宴会之感受的总结，"尽日"见欢乐之依依，"再三"写情意之殷切，乃盛筵后宾主惜别口吻，结句稳重。

初夏曲三首 其三

唐·刘禹锡（772—842）

绿水风初暖，青林露草晞。

麦田雉朝雊，桑野人暮归。

百舌悲花尽，无声来去飞。

| 辑评 |

【宋】蔡百衲《蔡百衲诗评》：刘梦得诗，典则既高，滋味亦厚。但正若巧匠矜能，不见少拙。

| 赏 读 |

　　这是一首描绘初夏景物的乐府小章，笔触清新，末句深婉动人，别有情致。

　　在诗人笔下，夏意往往通过色彩呈现。相对于姹紫嫣红的春天，秋天往往被描述成金色，冬天则与银装素裹的皑皑白雪联系紧密，至于夏天，给人留下最深印象的无疑是那一团团浓绿，山林、原野，甚至影映着碧空与青山的湖水，都绿意盎然。这首诗前两句，即以此种方式为读者徐徐展开初夏画卷，一"绿"一"青"，是对夏日色彩的重重点染。初夏是好的。春风料峭，时时带着寒意，到初夏，风褪去凛冽寒气，变得温暖柔和。一切都是刚刚好。草地上，露水逐渐消失在暖和微风中。两句之内，"绿水"与"青林"呼应，初暖的风与露水的消失呼应，就在色彩与温度的微妙变化中，初夏光临人间。三、四句承上，继续描绘初夏风光，视野则由山林湖畔转向了田陌桑野。"麦田"与"桑野"都是农家土地，初夏正是忙碌时节。清晨，雉鸡在麦田里呼唤，寻求配偶。到黄昏，农夫从桑田中踏暮色归来。一朝一暮，既写出生命的欢欣，又道尽人间温暖，祥和安宁，如同古老梦境。诗歌收束颇为别致，诗人将笔触落在一只百舌鸟上，写它无声地飞来飞去，仿佛在为春天落去的花痛惜不已。这份不合时宜的悲伤在此显出几分可爱，百舌鸟是有情的，在万物欢欣的时刻，还有这样一份念念不忘，算是仓皇人间的一点告慰吧。

唐·刘禹锡（772—842）

沉沉夏夜兰堂开，飞蚊伺暗声如雷。

嘈然欻起初骇听，殷殷若自南山来。

喧腾鼓舞喜昏黑，昧者不分聪者惑。

露华滴沥月上天，利觜迎人看不得。

我躯七尺尔如芒，我孤尔众能我伤。

天生有时不可遏，为尔设幄潜匡床。

清商一来秋日晓，羞尔微形饲丹鸟。

| 辑 评 |

【宋】黄彻《巩溪诗话》：退之《咏蚊蝇》云：
"凉风九月到，扫不见踪迹。"梦得《聚蚊》云：
"清商一来秋日晓，羞尔微形饲丹鸟。"……
小人稔恶，岂可徯恢网，但可侥幸目前耳。《左
氏》曰：天之假助不善。非右之也，将厚其
恶而降之罚也。"其是之谓乎？

| 赏 读 |

　　元和年间，柳宗元创作了《骂尸虫文》等多篇寓言类文章，借寓言形式讽刺庙堂奸佞。刘禹锡受其启发，作《聚蚊谣》《有獭吟》《秋萤引》等系列寓言诗，意在讽刺奸邪，抨击时政。这首诗将小人喻为蚊虫，既抓住蚊虫的生理特征与生活习性进行描写，同时托喻蚊虫特性以暗讽小人的结党营私、暗中伤人的做派。诗篇叙写生动，出语辛辣，具有较高的艺术成就。

　　诗歌开篇点明时间与地点。夏天深夜，厅堂之内一片沉沉夜色。"兰堂"是厅堂美称，此处暗喻朝廷。"沉沉"二字给人沉闷不快之感，为飞蚊出场提供氛围铺垫。果然，飞蚊趁着黑暗聚拢来，发出雷鸣般的声响。"嘈然"以下六句集中叙写飞蚊这一物事，处处暗伏讽笔。深夜，诗人忽然被嘈杂的蚊子嗡嗡声惊醒，相当数量的飞蚊聚在一起，声音隆隆，好似南山上传来的雷鸣，使人惊骇。蚊子们自以为得意，在昏暗黑沉之处欢欣鼓舞，发出喧闹声响，糊涂人不能分辨它们，聪明人亦感到迷惑。在露水降落人间、月亮升上高空的夜晚，飞蚊们提着尖利的长嘴刺向人的皮肤，那景象很少被人看到。"我躯"以下六句直接抒发诗人对飞蚊之辈的憎恶，表达肃清有时，奸邪必亡的坚定信念。虽然诗人乃堂堂七尺之躯，飞蚊卑微如芒刺，但敌众我寡，所以仍不免被其所伤。既然无法杜绝飞蚊的存在，那就躲进蚊帐之中，只待秋天的凉风驱散这沉闷的夜，就教这卑微小物被丹鸟吃光。末句激愤昂扬，见出豪气。

观刈麦

唐·白居易（772—846）

田家少闲月，五月人倍忙。
夜来南风起，小麦覆陇黄。
妇姑荷箪食，童稚携壶浆，
相随饷田去，丁壮在南冈。
足蒸暑土气，背灼炎天光，
力尽不知热，但惜夏日长。
复有贫妇人，抱子在其傍。
右手秉遗穗，左臂悬敝筐。
听其相顾言，闻者为悲伤。
家田输税尽，拾此充饥肠。
今我何功德，曾不事农桑。
吏禄三百石，岁晏有余粮。
念此私自愧，尽日不能忘。

| 辑 评 |

【清】清高宗敕编《唐宋诗醇》："力尽不知热"两句，曲尽农家苦心，恰是从旁看出。"贫妇"一段悲悯更探，聂夷中诗摹写不到。

| 赏 读 |

元和二年（807），白居易时任盩厔（今陕西周至）县尉，有感于当地农民劳作的艰辛与生活的贫苦，创作了不少反映农家生活的诗篇，此处所选《观刈麦》即作于此时。这首诗采取五言古诗形式，兼用叙事与议论，既有对刈麦者、拾麦者的生动描绘，又有作者的反躬自省，字里行间寄寓对劳苦人民的深切同情，具有较高的艺术价值与思想价值。

诗歌开篇即点"田家"，直入主题。首四句写刈麦前，为全诗的情节发展做准备：对于农家人来说，很少有闲暇时日，农历五月尤为忙碌。"夜来"句展现了一幅丰收在即、充满希望的美好图景。"妇姑"以下八句写田间刈麦场面，叙事真切生动：女人提着食篮，小孩提着水壶，一齐前往田间送饭。"相随饷田去，丁壮在南冈"是解释口吻，隐含诗人当时与农妇的问答。接下来即描写刈麦者的劳作：炎热的五月，在无遮无挡的田间弯腰割麦，脚下是炽热土块，田间暑气蒸腾，背上承受着骄阳灼烤，刈麦者却"力尽不知热"，唯愿抓紧时间尽快收割。贫妇人抱子而来，只为在刈麦者身后捡拾一些遗落的稻穗，不难想象她的家庭贫困到何种地步。她右手拿着遗穗，左臂挎着一个破旧竹筐，诗人走过去与她交谈，闻其言语不由感到悲伤。原来她家因缴纳租税田产殆尽，只能捡遗落的稻穗充饥。诗人同情之余开始反躬自省：自己没有什么功德，又不曾事稼穑，每年却有三百石俸禄，岁底还有余粮，想想整日劳作尚且挨饿受冻的农民，真不知如何自处。这首诗最可取者，即末后二句，那一份愧疚，一份不忘，最是珍贵难得。

寄皇甫七

唐·白居易（772—846）

孟夏爱吾庐，陶潜语不虚。

花樽飘落酒，风案展开书。

邻女偷新果，家僮漉小鱼。

不知皇甫七，池上兴何如。

| 赏 读 |

皇甫七即皇甫湜，唐代散文家，白居易爱其才，多以诗相赠，这首五律就是写给皇甫湜的。诗歌作于孟夏时节，一方面描写悠闲自在的夏居生活，一方面表达对友人的挂念，见出二人深厚情谊。诗歌语言平实亲切，景物与人事描写新鲜活泼、生动有趣，是一首饶有情致的生活小诗。

诗歌开篇化用陶渊明《读山海经》中诗句，将"孟夏草木长，绕屋树扶疏。众鸟欣有托，吾亦爱吾庐"四句截取头两字、尾三字，难得的是这句虽属化用，仍近自然。次句直接对陶诗加以评论，深表同感，乃诗人先有亲身感受然后借陶诗发明，故不觉隔膜。同时可见白居易对陶诗的喜爱。颔联写景，造语新奇，"花樽飘落酒，风案展开书"，词句拗折带来新奇的诗意，突出花落酒樽、风展开书的动态过程，使之如在目前。诗人在孟夏时节，于花下饮酒，案头读书，又看花落，又任风吹，清雅闲适。更有意思的是颈联记叙的两件日常小事：邻家的丫头见诗人院子里的果树上结了果实，忍不住偷偷踮脚伸臂去够，却不知这一幕早被诗人瞧见；家里的僮仆兴致勃勃钓了小鱼儿回来，寻块空地便开始漉晒鱼干。此处的"邻女""新果""家僮""小鱼"无不引起诗人怜爱，一"偷"一"漉"，在诗人温情脉脉的目光中都显得亲切有味。白诗极擅描画日常生活景象，白乐天以情相察，凡物皆能入诗。同时，诗人还善于择取物事，例如这里的"偷新果""漉小鱼"，读之令人会心。末句转而问候友人，以"池上兴何如"之问表达挂念，同时期待友人回复。

唐·白居易（772—846）

丝纶阁下文书静，钟鼓楼中刻漏长。
独坐黄昏谁是伴？紫薇花对紫微郎。

赏 读

《紫薇花》是白居易任中书舍人时所作。诗歌描写诗人黄昏时分在中书省当值时的所见所感，省阁之中寂静无声，钟鼓楼上时光荏苒，诗人独对紫薇花，流露寂寞心绪。

诗题为"紫薇花"，开篇却不见花，从他物写起，此别开生面之法。首句突出一个"静"字。"丝纶"指帝王命令，取君主之言如丝，其出如纶之意。中书省这一机构职能在于根据皇帝旨意颁布诏书，故别称"丝纶阁"。夏日宫廷寂静，诗人在丝纶阁中当值，翻阅一会儿文书，又发会儿呆，不仅整个省阁空而静，就连天地似乎也是空而静的。次句由这空静中生发一点声响，那是钟鼓楼上传来的滴水声，点点滴滴，声声不断。"钟鼓楼"是古代用来鸣钟击鼓以报时辰的小楼，"刻漏"是标有刻度的漏壶。漏壶滴水声原是几不可闻的，但在诗人耳中，这声响却清清楚楚，绵长不断。周遭环境的极度安静，见出诗人情绪安静，以及这静中藏着的百无聊赖与落落寂寥。庭院深深宫苑静，何况夏日黄昏，诗人独坐省阁之中，四顾萧然，遂不禁生出此问，"独坐黄昏谁是伴？"谁能伴诗人度此黄昏呢。这一问情怀缱绻，而末句之答更见其妙。"紫薇花对紫微郎"，唯有这夏日的紫薇花而已。"紫微郎"是对中书舍人的美称，中书省曾取天文紫微垣为义，改名紫微省，故有此称。白乐天此时职务为中书舍人，故自称"紫微郎"。紫薇花又唤"百日红"，是一种落叶乔木，花期夏季，花开时有红、白、紫等颜色。此处人与花相对，若说无伴，花却似有情，若说有伴，人与花却终不能共语，到头来依旧天地寂静，岁月悠长。

全诗文词浅白，韵味却极深长，收束尤佳。

夏昼偶作

唐·柳宗元（773—819）

南州溽暑醉如酒，隐几熟眠开北牖。
日午独觉无余声，山童隔竹敲茶臼。

| 辑 评 |

【宋】黄彻《碧溪诗话》：子厚："日午独觉
无余声，山童隔竹敲茶臼。"……闲弃山间
累年，颇得此数诗气味。

【明】谢榛《四溟诗话》：诗有简而妙者。
若……李洞"药杵声中捣残梦"。不如柳子
厚"日午睡觉无余声，山童隔竹敲茶臼。"

| 赏 读 |

这首诗写于元和七年（812）夏，此时的柳宗元谪居永州已达七年之久。离开波诡云谲的政坛，离开繁华热闹的长安，诗人在偏僻的永州闲居以终日，诗多静气，常常展现出幽寂情调。

这首七绝如题所述，作于某个夏日白昼，属于偶然兴起之际挥笔而成。然而诗虽作于偶然，但从夏天白日无事可做这一点，不难看出诗人谪居生活的寂寞，也是诗人的生活常态。诗歌写夏天，短短二十八字，写出了夏天的两大特点：一曰热，一曰静。首句写夏日之热，出语不凡，采用了通感手法：夏天的永州既潮湿又闷热，使人昏昏沉沉，提不起精神，诗人谓之"醉如酒"。以喝醉酒的感觉来形容溽暑带给人的感受，令人耳目一新，同时又觉十分贴切。昏昏沉沉的诗人在夏日午后无事可做，遂推开北面的窗子，倚着几案，不知不觉间进入梦乡，那梦亦是昏沉的。三、四句写午后之静，采用了以声衬静手法，犹如"空山足音"。窗外有翠竹，竹林外烈日无声地炙烤着大地，万物阒寂，连鸣蝉也消失了声息。午后醒来，天与地都是静的，风也是静的，一声声清脆的敲击，空落落的，在这个夏日午后响起。诗人凝神片刻，忽然明白过来。是了，是那山童在捣茶。言及此，诗人就不说了，仿佛就那样听着那敲臼声，一声声，在山林中回荡。结句以声音作结，余韵不绝。

 其十

唐·元稹（779—831）

灵均死波后，是节常浴兰。
彩缕碧筠粽，香粳白玉团。
逝者良自苦，今人反为欢。
哀哉徇名士，没命求所难。

| 赏 读 |

元稹，字微之，洛阳人。少有才名，与白居易相得，共同倡导新乐府运动，并称"元白"。其诗歌风格言浅意哀，寄寓深情，往往扣人心弦。

诗题"表夏"是对夏天进行记录、标识之意，原为组诗，此处选第十首。诗歌截取端午这一特殊时间节点，以民间丰富热闹的端午风俗为背景，引出诗人独特的节庆感受及人生慨叹。前两联描写端午习俗，首句却从屈原投江这一悲剧事件写起，一个"死"字，牢牢抓住读者注意力，为全篇蒙上一层伤感色调，同时为后面议论垫笔。端午节有浴兰汤的习俗，以拔除灾厄。《大戴礼记·夏小正》："五月……蓄兰，为集浴也。"又《荆楚岁时记》称五月五日为浴兰节。颔联抓取粽子加以摹写，青碧色箬叶包裹着式样精巧的粽子，粽叶外系着密匝匝五彩丝线，剪断彩缕，解开箬叶，只见粳米蒸的糯粽子一团团腻白如玉，又香又软。"彩缕""碧筠""白玉"颜色鲜艳明丽，给人强烈视觉冲击，更兼新鲜箬叶裹着的热粽散发诱人甜香，令人食指大动。颈联宕开一笔，陡转复写屈原，"逝者良自苦，今人反为欢"，一古一今，各自悲欢，是对照笔法。今人之欢从反面衬出诗人的思古幽情，盖繁华之中写寂寞，别有回肠。末句直抒其情，以"哀"为全诗收束，为那些以身徇名，乃至不顾性命者发出深切叹惋。

过雍秀才居

唐·贾岛（779—843）

夏木鸟巢边，终南岭色鲜。
就凉安坐石，煮茗汲邻泉。
钟远清霄半，蜩稀暑雨前。
幽斋如葺罢，约我一来眠。

| 赏 读 |

　　贾岛，字阆仙，幽州（今河北涿州）人。早年贫寒，后出家为僧，性喜吟诗，才华为韩愈赏识，还俗后累举不第，曾任长江县主簿，世称"贾长江"。其诗多寒苦之辞，擅营凄清僻苦之境，讲求锤炼词句，雕琢篇章，尝自谓"两句三年得，一吟双泪流"，可想其痴。有"诗奴"之称。

　　这首诗乃贾岛夏日访友所作，情调难得潇洒闲逸，然锤字炼句之间，时有拗峭之气，仍是阆仙本色。诗歌开篇写访友之前，以"夏木"点明时间，以"终南"点出地点，见盛夏时节草木葱茏，终南山下鸟声惊喧。"夏木鸟巢边"，语序倒换凸显夏木之盛，同时借鸟巢引出飞鸟，有鸟则其声可想。"岭色鲜"，大笔一径抹开，山岭之状貌颜色可想。继而人物承景而下，写宾主相会。曰"安坐"，曰"煮茗"，神态动作俱在，写出主客深厚情谊。客人洒脱，见了一方石头，喜欢它的清凉，遂拂衣而坐，坐得安安稳稳，毫无拘束；主人亦清雅，汲了附近的山泉水，回来对坐煮茗茶。十字一过，既见友人居所之清净幽雅，又见诗人与雍秀才的欢言投契。颈联更进一层，转入对诗人心理感受的侧写，落笔新奇。两句皆写声音，前一句写钟声，突出其清远，像是云端落下，后一句写蝉声，突出其稀疏，似乎将要下一场雨，此二句仍旧倒转语序，促成逻辑的模糊，写声音而不觉喧闹，反觉清静安然，正是诗人心理感受的外化。尾联叙诗人告别之语，笑谓如果幽斋修缮好了，记得约诗人来留宿一晚，此句出语自然，可以想见宾主愉悦神情，同时见出诗人对秀才居所的喜爱以及两人的深厚情谊。

唐·贾岛（779—843）

半夜长安雨，灯前越客吟。

孤舟行一月，万水与千岑。

岛屿夏云起，汀洲芳草深。

何当折松叶，拂石剡溪阴。

| 辑 评 |

【五代】景淳《诗评》：又诗："孤舟行一月，
万水与千岑。"……意在言中，而难见意度也。

| 赏 读 |

　　这首五律写夏日怀友，情、景俱"深"。首联开篇点题，写一个"忆"字：长安半夜下起雨，诗人在雨夜想起一个人，那是远隔天涯的江南友人，诗人称为"越客"。那位吴姓的江南友人，此刻当坐在灯下，一边吟诗，一边想念诗人吧。这一联诗中时间、空间及情事均处于特殊状态下：就时间而言是半夜，更深人静，"灯前"语与之呼应。就空间而言，一在长安，一在越中，遥隔万里。诗人将长安夜雨、越客吟诗这两件发生在同一时间、不同地点的情事放置一处，打破时空局限，使诗境延展开阔，呈现纵深之感。淅沥雨声令诗人想起远在江南的友人，纵是两处相思，终不得见。两人究竟隔了多远呢——乘船而行，仅单程就要花费一个月。在交通并不发达的古代，这样的旅行注定艰辛而孤独。二、三联中，诗人已不知不觉进入想象旅行，被思念之情牵引着，心神踏上访友的旅程。诗人乘孤舟，经山历水，在岛屿上仰望夏天的云朵，复又登上水中沙洲，看生长茂盛的芳草，感受着其清新柔软。此处摹写的是典型的江南景象，悠远明净，令人陶醉，正是友人素日所见。诗人忽起归隐之思，遂结于尾联。折取松叶意味着抛弃功名，拂石剡溪意味着离开长安。诗人在这长安的雨夜，终于不堪那浮华埋藏下的一点倦意，"何当"二字，似是问友，实为自语。全篇剪裁诗意，衔接自然，对句工致。

唐·姚合（779？—855？）

竹屋临江岸，清宵兴自长。

夜深倾北斗，叶落映横塘。

渚闹渔歌响，风和角粽香。

却愁南去棹，早晚到潇湘。

| 辑 评 |

【明】胡震亨《唐音癸签》：洗濯既净，挺
拔欲高。得趣于浪仙之僻，而运以爽亮。

| 赏 读 |

　　这首诗作于旅行途中。夏日夜晚，诗人入宿江边驿
站，由于夜色清美，诗人没有立即入睡，而是写下这首诗。
诗歌开篇点明驿站的特殊之处：屋舍是由竹材建造，竹
质生凉，况又临江岸，浩荡的风从江面吹来，全无阻滞，
使得夏夜的驿站极为清凉。漫长艰辛的旅途当中，这个
小小的临江驿站仿佛另一个天地，用以安放诗人的疲倦。
竹屋生凉，江风习习，视野开阔。夜色清美，诗人不忍
睡去，久久凝望天上的星辰，直到北斗星夜深倾斜。一
片叶子悠悠飘落，映着水塘潋滟波光。夜空幽静，夜色
沉沉，天地阒寂，一切都是安定的。诗人在这份安定中
得到休息与抚慰。

　　颈联宕开一笔，忽以声音和气味打破先时宁静：洲
渚上传来渔人的歌声，在岑寂的夜里声音显得尤为响亮，
随晚风吹来的，还有角粽甜香。这一笔看似突兀，实际
却暗示时间的流逝——渔家开始蒸粽子，准备第二天的
晨炊。渔歌声与角粽香将诗人从无思无虑的安定中唤醒，
带着烟火人间的温暖气息，宣告新的一天即将到来。诗
人又从一个休息者变为一个旅人，开始为旅途事务担忧
发愁，"去棹"说明诗人是乘舟而行。闻见角粽的香气，
诗人想到端午节快要来临，又由端午想到屈原，自己此
番乘舟南下，却不知到何时才能到达潇湘。这里的"愁"，
关合旅途漂泊，关合仕宦浮沉，亦关合潇湘逐臣（屈原）
心理。诗歌造境幽谧，深曲婉转。

夏雨后题青荷兰若

唐·施肩吾（780—861）

僧舍清凉竹树新，初经一雨洗诸尘。

微风忽起吹莲叶，青玉盘中泻水银。

| 赏 读 |

　　这是一首写在夏季雨后的小诗。"兰若"是梵语，表示寂静、无苦恼烦忧处，指代寺院。寺院是僧侣修习场所，清静庄严，"青荷"为寺院名，据诗歌内容，此寺以荷花知名。夏雨、青荷、兰若，加上一个诗人，诗题即是一首小诗，教人耳目清凉。夏日难得清凉，要觅清凉，最好向清静处寻，远离尘俗的寺院无疑符合这一条件。夏日炎炎，僧舍却清凉如故，这与寺院位置幽僻、林木环绕有关，刚刚下的雨，亦为此间添注几分凉意。一场夏雨将寺中屋瓦、草木上的灰尘尽皆洗去，竹林映入眼帘，翠生生的，十分清新可爱。当此时，"初经一雨洗诸尘"，大概也不只指僧舍与竹林，还有纷烦扰乱的人心。人世烦恼纠缠不尽，旋斩旋生，像野地蔓草，或镜台灰尘，诗人借这雨暂消俗尘，只觉耳清目明，襟怀大开。夏雨过后定然有风，此风轻柔、凉爽，带着雨香，迎面而来，拂衣而去。水上倏然有了动静，原来微风向莲叶吹去，宽大荷叶中央盛着方才的雨水，此时受力不均，水珠便从碧色荷叶上滚落下去。那场景好似谁不小心打翻青玉盘，盘中水银流泻而下。诗人在此直接用"青玉盘中泻水银"的画面描述雨珠从荷叶中倾倒而下的场景，抓住雨珠圆润、荷叶青碧的特点，设喻形象。同时，此收束起到令整首诗化静为动的效果，这一描写如同镜头对着雨珠散落的细节，展示持续的动态场景，由于诗歌已然收束，雨珠散落的画面将保持生生不息的活力。

樱桃

唐·张祜（785？—849）

石榴未拆梅犹小，爱此山花四五株。
斜日庭前风袅袅，碧油千片漏红珠。

| 辑 评 |

【清】翁方纲《石洲诗话》：张祜绝句，每如
鲜葩飐滟，焰水泊浮，不特"故国三千里"
一章见称于小杜也。

赏 读

这首诗题为樱桃，开篇却从石榴和梅子写起。一曰"未拆"，指石榴的果实还未成熟，石榴熟透后会自然迸裂，露出晶莹颗粒；一曰"犹小"，指梅子还未长大，正是"青梅如豆"。起首写这两样事物，一则点明时令，正是入夏不久，石榴和梅子俱未成熟。一则通过对二者的叙述进行比较，突出正当时令的樱桃之可爱，为后文描写樱桃下一垫笔。此外，"未拆"与"犹小"以颇为遗憾的语气，道出诗人内心的期待。虽然石榴、梅子都未成熟，诗人却似已想见其甘美，此句于对樱桃的主体描写外斜出一笔，亦是滋味无穷。次句转入对樱桃的描写，"山花"在此指樱桃，诗人并未急着描述樱桃形态，而是先诉说自己对樱桃所怀的感情。一个"爱"字先声夺人，将诗人对樱桃的喜爱毫无遮掩地表达出来，有如孩童坦率天真。三、四句具体描绘樱桃悬挂于枝头的情态，构思精巧。诗人在此采用迂回笔法，设下一个优美谜语：先写落日斜阳，继而写吹过庭院的风，微风袅袅，转笔又描写千百片碧绿的叶子，步步逼近，直到层层叠叠的叶子被那阵风吹开，才在诗句末尾揭开谜底。"漏红珠"落入诗人眼底，好似发现珍宝一般，惊喜不已。末句设色映丽，樱桃树的叶子不但碧绿，而且油光发亮，闪烁着润泽的光芒，而从枝叶间露出的小小樱桃，嫣然可爱，有如红色的珊瑚珠子般玲珑剔透。大片碧油油的叶子衬着圆润的红色樱桃，色调明丽，如同油画。诗歌描写生动，韵致自然，见出诗人活泼情趣。

唐·李贺（791？—817？）

晓木千笼真蜡彩，落蒂枯香数分在。
阴枝拳芽卷缥茸，长风回气扶葱茏。
野家麦畦上新垄，长吟徘徊桑柘重。
刺香满地菖蒲草，雨梁燕语悲身老。
三月摇扬入河道，天浓地浓柳梳扫。

| 辑 评 |

【宋】晁公武《郡斋读书志》：贺词尚奇诡，
为诗未始先立题，所得皆惊迈，远去笔墨畦
迳，当时无能效者。

| 赏 读 |

　　这首诗描写昌谷初夏景色，句句不离诗题。诗歌开篇四句集中写初夏树木。"晓木"句从视觉写夏木颜色与状态：清晨阳光照耀下，树木葱茏，枝叶光滑鲜妍，如同涂了一层蜡彩，闪烁明亮的光芒。"落蒂"句从嗅觉描写花木芬芳：春天的花朵凋零萎落，只花蒂上还留几分余香。背阴枝丫上，蜷缩着新生叶芽，小小的一点绿色，覆着细细茸毛。"长风"句描写风穿过树林的景象，夏日长风吹拂，吹到麦田间，读者视线也被牵引至此。只见麦苗在田垄间挤挨着，随风起伏摆动，一片青绿交加。路边桑柘树果实累累，菖蒲草长了满地，嫩芽如刺，散发淡淡香气。"雨梁"句忽转至室内，燕子在梁间呢喃，因春光不再而自伤年华。"三月"句亦似燕子关于上一个春天的回忆呈现：三月的柳絮在河道上空飘摇，天与地都是一片柳条梳扫出的浓浓绿意。

　　诗歌采取排宫而下的手法，选取典型意象，逐一对初夏景致进行细致描摹，没有运用一般诗歌常见的起、承、转、合结构模式，这是极为特殊的处理方式。有学者认为，这首诗是李贺少年时寻章摘句之作，亦有学者怀疑文本有所脱落。就诗歌的表现力而言，它确然呈现了一个令人神往、印象鲜明的初夏。

 长兴里夏日南邻避暑

唐·许浑（791？—858？）

侯门大道傍，蝉噪树苍苍。

开锁洞门远，下帘宾馆凉。

栏围红药盛，架引绿萝长。

永日一欹枕，故山云水乡。

赏读

许浑，润州（今江苏丹阳）人，晚唐著名诗人。许浑诗误入杜牧集者甚多，此处所选五律一首，一题为杜牧作。

诗题中“长兴里”，在长安朱雀门街东第一街，多贵家宅邸。大中三年（849），许浑时任监察御史，这年夏天格外炎热，诗人前往南邻家中躲避暑热，得清凉意，遂成此诗。诗歌开篇点明“南邻”的地点，在“侯门大道傍”，“侯门”即富贵之家，暗示“南邻”身份非富即贵。继而曰“蝉”曰“树”，从听觉、视觉两方面写出夏意，蝉声聒噪，树色苍苍，正是夏季景物，亦见暑热，引出“避暑”之事。“开锁”以下四句，俱为诗人来到南邻家中的所见所闻，“开锁”写主人引入宅中，“洞门远”见出高宅深院，庭户幽寂，次句以“卷帘”的动作呈现宅邸景况，诗中不着宾主一言，更透露出深静之感。庭院深深，高馆帘卷，诗人在这样的环境中俗虑顿散，暑意全消，一丝清凉从心底沁出。此处通过描写诗人所觉之“凉”极写这座宅邸环境的幽谧，虽无一字写风，无一字写雨，而凉意自来，盖诗人心随境静，乃于静中生凉。心既静下来，便有了闲暇和余裕，去欣赏庭中盛开的红芍药，架上攀缘着的绿萝藤。芍药烂漫，开得正盛，木栏杆围在四周，却似怎么也挡不住繁花的明艳；绿萝鲜嫩，从高高的木架上垂下长长枝条，碧玉似的叶子，看得人眼底清凉。诗人在这方小小天地做客，眄睐适意，悠然自得，索性歪着枕头睡去，不期然做了一个长长的梦：梦见故山的云和水，天光云影，那象征永恒的，最后的归所。

结句自然浑成，余韵悠长，最具思致。

齐安郡后池绝句

唐·杜牧（803？—852？）

菱透浮萍绿锦池，夏莺千啭弄蔷薇。
尽日无人看微雨，鸳鸯相对浴红衣。

| 赏 读 |

　　齐安郡，南齐时置郡，故址在今湖北省黄冈市。杜牧时任黄州刺史，摹写郡斋后池夏日风光，搞采物色，清新动人。

　　起笔写诗人目之所见。菱叶沃若，萍叶铺展，交相覆盖于水上。菱花烂漫，萍花星点，光华流转于池中。小池如披绿锦，清新可人。继而写耳之所闻。夏莺千啭，婉转清脆，循声而望，见黄莺鸟立于蔷薇花间，引颈鸣啾，于繁枝锦花映衬下尤见可怜。此处以声写静，以莺鸟之啼唱反衬夏日后池之幽静，落笔轻灵，绘出一派夏日生机。转笔书微雨，虽曰"无人"，却透出人之情绪感受，是谓"不写之写"。整日没有人来，见诗人事务清闲，无人来访就独自看微雨，见出文人雅致。"菱透浮萍""莺弄蔷薇"的池畔独立着一个灵心善感的诗人。末句以鸳鸯作结，看似闲笔，情味全出。相传鸳鸯雌雄偶居不离，古称"匹鸟"，在诗文中，鸳鸯常用来反衬人的孤独。诗人独立池畔，静看池中鸳鸯浴水，虽未言及一己心事，情思却见于篇章之外。此外，以"红衣"写鸳鸯之羽，又为全诗增一华彩。绿菱、青萍、白花，一片清雅底色，继以暗笔点出夏莺黄羽，蔷薇绯色，色彩饱满，生机跃动。微雨濛濛，又为前文所写之景润色染晕，最后"红衣"一抹，明艳烂漫，尽显夏日本色。

　　全诗妙用映照之法，以菱花映照浮萍写出满目绿意，以蔷薇映照夏莺写出清幽意境，终以鸳鸯映照诗人，写出全篇情味，更兼层层设色，如以妙笔作图画，绘出一幅清新明丽的郡斋后池初夏图。

出关宿盘豆馆对丛芦有感

唐·李商隐（813？—858？）

芦叶梢梢夏景深，邮亭暂欲洒尘襟。
昔年曾是江南客，此日初为关外心。
思子台边风自急，玉娘湖上月应沉。
清声不逐行人去，一世荒城伴夜砧。

| 赏 读 |

　　这是一首写在夏日旅途中的诗。开成年间，政治上失意的李商隐被迫离开长安，去往江南。途中路过潼关，时天色已晚，诗人寄宿盘豆馆中。

　　诗歌以馆驿外一丛芦叶起兴，从夏景写到诗人衣上征尘，抒发漂泊道途之感。题为"对丛芦有感"，故诗歌开篇即写芦叶，"芦叶梢梢"。梢梢形容芦叶垂长的样子，叠声词调节音韵，使芦丛形象随音韵的发生更为鲜明，此外，还令人联想风吹芦叶发出的声音，微小细密。赶了整天的路，风尘仆仆的诗人终于在傍晚来到这座邮亭馆舍，首先映入眼帘的，就是这一丛芦叶。芦叶生长繁茂，显示出迥异于春天的强劲生机，诗人这才想起，夏已深。经过许多个日夜，诗人在夏意深浓的傍晚，来到盘豆馆，对着馆外清幽芦丛放松疲倦的身体，开散襟怀。休憩只是暂时的，然而在长期的困苦、劳顿之下，它是如此甜美。诗人回忆起昔年下江南的经历，如今再次踏上去往江南的道路，芦叶依旧是昔日芦叶，心情却已迥然不同——"此日初为关外心"。诗人这次是贬任弘农尉，仕途失意，被迫成为流落关外之人。"思子台""玉娘湖"俱在潼关附近，这两句描写却并非实景，而是出于诗人想象：夏夜风起，汉武帝筑的思子台上当是高风急吹，玉娘湖上的月亮应已西沉。风月皆是诗人心中系念，"思子"与"玉娘"之意不言自明。末尾"一世""荒城""夜""砧"将诗人的伤感孤独推向极致，瞬间在此凝定为永恒。

晚 晴

唐·李商隐（813？—858？）

深居俯夹城，春去夏犹清。

天意怜幽草，人间重晚晴。

并添高阁迥，微注小窗明。

越鸟巢干后，归飞体更轻。

| 辑 评 |

【清】顾安《唐律消夏录》：二四妙在将"天
意"突说一句，然后对出晚晴。"并添""微
注""晴"字说得深细。结句有意无意，亦
是少陵遗法。

【清】纪昀《玉溪生诗说》：轻秀，是钱、郎
一格。五六再振起，则大历以上矣。末句结
"晚晴"，可谓细意熨贴，即无寓意亦自佳也。

赏 读

大中元年（847）春，李商隐离开长安，入桂管观察使郑亚幕。初夏傍晚，诗人登上高阁远眺，写下这首《晚晴》。脱离党争旋涡中心的诗人得到精神放松，诗歌延续其对事物微妙感觉的把握与精微的艺术表达，情境相谐，澹妙浑成。

首联点明写作地点及时间，为后章作铺垫。"深居"谓幽僻之所，"夹城"即城门外层的曲城，一个"俯"字表明诗人居所不但幽深僻静，而且地势很高，俯临夹城，同时点明诗人观看晚晴景象的方位视角，乃临高俯瞰。登高而望，视野开阔，怀抱随之打开：春天过去不久，初夏给人的感觉甚为清和。"天意怜幽草"，谓天公怜惜受雨淖之苦的小草，此不仅天公有情，更是诗人感物之情，并连人间也有情，一"怜"一"重"，将无知无觉之自然赋予人的深情厚谊，使原本平凡的风景多了深远之致，平凡的词句含了不尽之意。"幽草"更有一层象征意义，它是万物生灵的代表，亦可视作诗人自身投影，天既有情，其泽被不止于草芥，人间晚晴固是为幽草，焉知不是为人？芳草斜阳前人描摹不少，能引起如许感动与丰富联想的诗句则无多，妙在诗境浑然天成，颔联涵咏有味。颈联对乍现的晴光作工致描绘，云消雨霁，视野清朗无碍，更觉高阁之迥；黄昏光线柔和微弱，因而是"微注"，此联见出诗人体物之细。尾联反弹琵琶，将历来象征旅愁的"越鸟"翻作愉悦情绪的寄托，归巢之鸟的轻盈体态正是诗人内心写照。

唐·高骈（821—887）

绿树阴浓夏日长，楼台倒影入池塘。

水晶帘动微风起，满架蔷薇一院香。

| 辑 评 |

【宋】谢枋得《注解选唐诗》：此诗形容山
亭夏日之光景，极其妙丽，如图画然。想
山亭人物，无一点尘埃也。"水晶帘"乃微
风吹池水，其波纹如水晶帘也。

| 赏 读 |

　　高骈，晚唐名将。计有功誉其"雅有奇藻"，丁仪谓之"诗情挺拔，善为壮语"。此处选其七绝一首，描绘山亭夏日风光，景物流丽，文字明净，有清和之美。

　　开篇设色，生长繁茂的树木自是一片浓绿，夏日午时前后的炽烈阳光照射在绿树上，跳跃着点点银光，树木经阳光映照投下深浓阴影，这浓绿、银光、阴影，正是夏日光谱的特征，光与影交织，色彩铺展、晕染，共同构成了独属于夏天的热烈底色。如果说首句表明了诗人对夏天的整体印象，第二句则将视线拉回，落到对诗人此刻所置身的具体位置，亦即山亭的风光描写，"楼台倒影入池塘"一句语似平平，难得者在一个"入"字，将亭台楼阁的影子倒映池塘中的场景描写得十分自然生动。第一句染了颜色，第二句描了形廓，第三句则由静至动，写微风乍起，吹动水晶帘帏，妙的是"水晶帘动"在前，而"微风起"在后：夏天的微风本不易为人察觉，故而先从视觉上看到"帘动"的景象，再意识到微风乍起这一事件。微风一拂之下，所有的颜色、形廓等都活了过来，庭院里仍是静的，变化却已然产生——空气里浮动着花香，原来是蔷薇花，在这初夏时节开满了花架，一个"满架"，一个"一院"，写出蔷薇开放之盛与花香之馥郁，令人沉醉其间。全诗纯然写景，而诗人隐于景外，一派闲适从容，乃不写之写。

#

唐·罗邺（825—？）

正怜云水与心违，湖上亭高对翠微。

尽日不妨凭槛望，终年未必有家归。

青蝉渐傍幽丛噪，白鸟时穿返照飞。

此地又愁无计住，一竿何处是因依。

| 辑 评 |

【元】辛文房《唐才子传》：邺尤长律诗。……
素有英资，笔端超绝，其气宇亦不在诸人下。

| 赏 读 |

罗邺，晚唐人，有"诗虎"之称。擅七言诗，与宗人罗隐、罗虬齐名，号"江东三罗"。屡试不中，求仕无成，漂泊湘浦。后随崔安潜赴任许昌。作此诗时，崔安潜罢镇，罗邺失去依靠，不得已再次开始漂泊生涯。这首诗展现诗人宦图奔走、思归不得的矛盾心理，抒发漂泊无依的身世之感。

开篇直抒胸臆，以"怜"字奠定整首诗的情感基调。"怜"乃哀愁之意，"云水"代指漂泊不定的生活。诗人渴望安定，渴望把控人生方向，但在晚唐社会离乱中难以实现，故道"与心违"。诗人立在湖心亭中，对着青碧嵩山，长久沉默。嵩山苍莽巍峨，矗立千年，具有不容撼动的庄严。它愈是巍峨，愈是庄严，愈衬出人的微小。如果可以，诗人立上一整天，望上一整天也无妨，但终此一年，或经数年，诗人依旧回不了家。"尽日"与"终年"的时间比照，反映诗人漂泊时间之久，"不妨"与"未必"二语，反映游子切切思乡的内心钝痛。颈联转而描写眼前之景：林中青蝉鸣声渐起，喧嚣打破岑寂，斜阳西落，白鸟穿过暮色余晖，飞向归巢。青蝉的噪鸣如诗人内心的躁乱无绪，白鸟归巢则暗示诗人的归家愿望。这一联中，颜色、声音、动作组合制造出一种现实迫近感，令人无法忽视，无从逃避，夕阳寓示的时间流逝，更加深了诗人的紧迫感，故尾联水到渠成，再次抒发深重愁情：诗人无法继续待在许昌，即便他放弃仕途，选择隐居垂钓，却也不知能够去向何方。

#

唐·顾非熊（？）

扁舟江濑尽，归路海山青。
巨浸分圆象，危樯入众星。
雨遥明电影，蜃晓识楼形。
不是长游客，那知造化灵。

| 辑 评 |

【清】李怀民《中晚唐诗主客图》：非熊诗体
不备，不及乃父广博。然其五言近体，易朴
茂为清永，似胜逋翁。

| 赏 读 |

　　顾非熊，姑苏人，诗人顾况之子，生卒年不详，约836前后在世。这首五律写于汉水之上，诗人目睹眩人心神的自然奇景，故造语奇伟瑰丽，颇具感染力。

　　首联对叠而起，"扁舟""归路"点明旅途背景，"江濑""海山"对旅途所见情形加以概述，一"尽"一"青"，意味着诗人的行程来到一个转折点，即诗题所言"汉渚"。诗人乘一叶扁舟，历经湍流急水，路过高山峡谷，终于来到汉江上。汉江水流平缓，视野开阔，夜色的烘托使得眼前景象笼上神秘气息。第二、三联描绘汉江景象，突出一个"奇"字。颔联着重空间维度的静态观察，颈联描绘时间维度的景象变化。"巨浸"即大江大湖，"圆象"指天空，浩渺无垠的江面向远方延展，视野尽头，江水与天空连成一线，那若隐若现的一线，成为水天之间的模糊界限。诗人立在船头，视线在水天之际逡巡，忽然目光凝住，落在船头桅杆的顶端，桅杆上，一颗颗星子悬挂着，硕大，明亮，闪烁璀璨光芒。造化似有意加深诗人的心灵震动，倏然之间，以电闪、雷鸣、倾盆大雨，打破先前岑寂。"雨遥明电影"，诗人在风雨飘摇的孤舟上，只辨得闪电、雷声、暴雨，这种体验与素日在陆地上见闻迥然不同，因诗人就在其中，就在这场突然其来、躲无可躲的暴风雨中。终于风雨平息，天色将晓，江面上起了浓雾，变化不定。汉江上的一夜，带给诗人太多新奇体验，故而尾联道"不是长游客，那知造化灵"，正写出旅行乐趣。

#

唐·皮日休（838？—883？）

半里芳阴到陆家，藜床相劝饭胡麻。

林间度宿抛棋局，壁上经旬挂钓车。

野客病时分竹米，邻翁斋日乞藤花。

踟蹰未放闲人去，半岸纱帽待月华。

| 辑 评 |

【明】王夫之《唐诗评选》：皮、陆松陵唱和诗奕奕自别，巧心佳句，诚不可掩，如天台、雁宕自不欲与岱、华竞品目。

赏 读

皮日休，字袭美，竟陵（今湖北天门）人。尝隐居鹿门山，自号鹿门子，擅诗文。此处选其七律一首，为皮日休居苏州时，访陆龟蒙所作。

诗歌记叙诗人访友过程，重点描述友人的田园生活，既见闲情，又具别趣，读来亲切有味。首句简要点出诗人访友的开端：只走了半里路就到了陆鲁望家中，而这半里路还是为重重花木所掩映，虽然这天阳光烂漫，走在路上却不觉得热，只觉芳阴深浓，耳目清凉。"芳阴"二字指向早夏时节，同时也暗示了友人居所环境之清幽。友人见到诗人，十分欢喜，也不拘礼，只拉着诗人坐在用藜茎编织的坐榻上，相对着吃一碗香喷喷的芝麻饭。二、三联以事写情，俱为日常情境：诗人在友人家中过夜，主客二人竟约去林子里下棋，一下就是整宿；到了日间，二人取下墙壁上挂着的渔具，又相携去钓鱼。有时不拘谁生了病，另一个就送些竹实过去给他吃，兴致来时，就跑到对方家里要些藤花酿酒喝。总而言之，两人住处相近，"半里芳阴到陆家"，性情相投，"饭胡麻""抛棋局"，不但为近邻，更是知交好友。末句继续写情，却下一转语，谓"踟蹰未放闲人去"，想是到了分别时候，友人依旧恋恋不舍，再三挽留诗人，不肯让他离开，诗人亦心有戚戚焉，遂掀起头巾，与友人一同赏月。此句情致婉转，精神俱出：应去者不去（客），当送者还留（主），最后用月色作结，却是"半岸纱帽待月华"，人情、月色两相映照，给读者留下了生动、鲜明的印象。

深 院

唐·韩偓（842？—923？）

鹅儿唼喋栀黄嘴，凤子轻盈腻粉腰。
深院下帘人昼寝，红蔷薇架碧芭蕉。

| 赏 读 |

　　韩偓，晚唐五代诗人。幼时聪颖好学，十岁即席赋诗，得李商隐赞语，谓之"雏凤清于老凤声"。此首《深院》写夏日庭院风景，色彩浓烈，气韵生动，全诗充满一种奇异的张力，引人瞩目。

　　描绘夏日庭院的诗作为数不少，但少有诗歌如同这首诗作，写幽深庭院不以"静"入手，偏偏先点出一片活泼生机："唼喋"即鹅儿进食的声音，诗人将读者视线牵向水中进食的鹅，又进一步落到鹅嘴上，"栀黄"即栀子果实染出的黄色，有鲜嫩之感，由颜色可知这鹅儿乃是幼雏，伴随着鹅雏呷食之声，显出几分天真稚拙。"凤子"是对粉蝶的爱称，蝶儿翩跹，身姿轻盈曼妙，诗人抓住其"腻粉腰"进行描写，与前句写"栀黄嘴"同为特写镜头，目的是突出笔下对象的细节特征，同时形成色彩上的布局。水中的鹅儿，飞舞的粉蝶，一上一下，既在空间上参差相映，又在色彩上互为呼应。三、四句由动至静，由细节描写转为整体性描绘：在充满爱怜地打量了戏水的鹅雏、飞舞的粉蝶之后，诗人笔锋一转，写到居住在这座幽深庭院的主人，此刻正放下帘帏，在大白天睡觉，而庭中景物似亦随着主人的入睡而一同沉入了静谧的梦乡。满架的红蔷薇，映着碧绿而硕大的芭蕉叶，一切声响都消弭了，只余了浓烈的色彩在纸上，而就在这份浓墨重彩与夏日的热烈中，透出一种难言的寂寞与伤情。天地也许是热闹的，但对于帘中人来说，这方小小庭院，却是深之又深，几乎与世隔绝。

唐·韩偓（842？—923？）

长夏居闲门不开，绕门青草绝尘埃。
空庭日午独眠觉，旅梦天涯相见回。
鬓向此时应有雪，心从别处即成灰。
如何水陆三千里，几月书邮始一来。

| 辑 评 |

【清】毛张建《唐体肤诠》：结语似与上不
相应，然仍从上意出。盖因得书而有梦耳，
偏作低徊怅怏之词，与五、六尤为意味亲切。

| 赏 读 |

　　天复三年（903），韩偓在汉口，其兄弟韩仪在长安，相隔长江。是年夏天，韩偓写下这首关于梦境与思念的诗。

　　夏天白昼极为漫长，暑热过盛，使人没有出游的兴致。正因如此，诗人大多选择闲居家中，且以"闭门"来隔绝尘俗，以保有一方清幽天地。绕着房门生长的芳草替主人隔绝"尘埃"，尘埃在此象征繁杂俗事。"绝尘埃"意味着没有车马造访，也就没有尘俗纷扰。颔联由环境落笔到人，点明诗题，通过梦境与现实的强烈对比，营造伤感情绪：诗人午睡时做了一个梦，在梦中见到远隔天涯的兄弟。这一联中，"空庭"是寂寥的现实，"旅梦"则是诗人内心的愿望，"日午"是现实的时间，"天涯"则是概念上的隔离，"独眠"是孤独的现实，"相见"则是虚无的幻梦。"觉"映照出诗人梦醒时分的黯然，"回"则暗示诗人明知是场梦，却仍对这次"相见"眷恋不已。情感基调由闲适安宁转而为愁郁感伤，这一转向使情感抒发具备一种延迟的力量。诗歌的情感在第三联达到高潮，诗人以直抒胸臆的方式表达心中怅恨：此时此刻，诗人鬓发已白，那是岁月磨砺的印记，而就在与兄弟分别，离开长安的那天，诗人心灰意冷。他知道自己不会再回去。"雪"与"灰"的形容，以极端的冷寂浇灭了诗人心底的热望。诗人舍了京城的繁华，却割舍不下对亲人的思念，末句一问，甚为平常，却透出些许家常温暖。

唐·韩偓（842？—923？）

猛风飘电黑云生，霎霎高林簇雨声。
夜久雨休风又定，断云流月却斜明。

| 赏 读 |

　　这首描写夏夜景致的七言绝句，描写发生在夏夜的一场大雨，字句锤炼，刻画生动，极富感染力。

　　一、二句摹写夜雨情形，三、四句描绘雨后景象，层次分明。起笔刚健沉着，猛风、飘电、黑云三种意象排宕而下，一气而出，令人目不暇接，营造出紧张迫人的氛围，气象雄浑，极有力道。猛烈狂风席卷而来，闪电、雷霆接踵而至，墨色浓云聚集一处，烈烈风声、飘游不定的电光与黑沉沉的云影在深浓夜色中对峙，迅速积蓄力量，只待一场酣畅淋漓的爆发，有力地刻画出暴雨将至的场景。首句蓄势充分，至次句，大雨借势而落，流转自然。"霎霎"拟雨落之声，"簇"即攒集之意，用以形容雨点的密集。诗人先是听到满耳霎霎之声，继而意识到那是雨点打落在高大林木上发出的声响，雨声急促如鼓点。雨下了很久，诗人一直听着雨声，深夜犹未睡去。终于等到雨停，狂风平息下来，诗人起身推开窗子，只见一轮素月在断裂的云层间无声地移动，月亮所在之处，光华流转，映得天地一片明净。这首诗歌在字句锤炼、篇章架构上颇见功力，诗文前后对照工整，摹景绘物惟妙惟肖，极具动态美。如"雨休"呼应了第二句中对雨声的描绘，"风定"回应了首句中的"猛风"，"断云"则与"黑云生"形成呼应，而那一片静美的月色，经过暴风雨的洗礼，更见其优美动人。整诗结构工谨自然，节奏顿挫有力，有一种别具一格的美感。

夏日山居

唐·鱼玄机（844？—871？）

移得仙居此地来，花丛自遍不曾栽。

庭前亚树张衣桁，坐上新泉泛酒杯。

轩槛暗传深竹径，绮罗长拥乱书堆。

闲乘画舫吟明月，信任轻风吹却回。

| 赏 读 |

　　鱼玄机，长安（今陕西西安）人。性颖慧，多才思，尝与温庭筠往来唱和。与李季兰、薛涛、刘采春并称"唐代四大女诗人"。这首七律作于入观后。诗人幽居山间，日日赏花饮酒，时而读书，时而泛舟，生活极为惬意洒脱。诗歌以婉转笔触，传达女子独有的轻盈风致，清新脱俗。

　　诗人从尘俗中脱身而出，来到山间居住，相比往昔寄人篱下的生活，山间岁月尤其显得无拘无束，优游自在。诗歌开篇下"仙居"二字，一则指代道观这一特殊地点，一则传达诗人内心喜悦。山上花木繁盛，处处可见，故而无须人工栽植，天然造化的美显然比人工所植来得动人。接着，诗人由外而内对"仙居"环境与自身日常生活进行细致描绘。"庭前"句勾勒一处清幽庭院，院中树木并不十分高大，然而枝叶茂盛，四下伸张的树枝成为天然的晾衣架，山泉水引入院内，回环曲流，泠然清澈，诗人坐在泉水之畔，与友人一道曲水流觞，饮酒为乐。颈联转入室内描写，从"轩槛"写起：竹林幽深，掩映着通向内室的小径，回廊栏杆隐约可见，身着绮罗衣物的诗人常常坐在随意堆放的书籍中捧卷而读，有时枕书而眠。这首诗虽然题为"夏日山居"，实质却是写人——诗人通过对山间景色、居所环境以及日常生活的描绘与记录，巧妙地作了一幅自画像，其余种种不过陪衬和点缀，人才是这首诗的焦点所在。尾联向读者揭示了这一奥秘：明月当空的夜晚，诗人悠闲地泛舟水上，立在画舫上对月吟诗，轻风时而拂过，此时画舫、明月、轻风俱是为了吟诗的人而存在，将之映衬得有如世外仙人。

白 莲

唐·陆龟蒙（？—881）

素花多蒙别艳欺，此花端合在瑶池。

无情有恨何人觉？月晓风清欲堕时。

| 辑 评 |

【明】锱绩《霏雪录》：唐人咏物诗，于景意事情外别有一种思致，必心领神会始得，此后人所以不及也。如陆鲁望《白莲》……妙处不在言句上。

【明】焦竑《焦氏笔乘》：花鸟之诗，最嫌太着。余喜陆鲁望《白莲》诗……花之神韵，宛然可掬，谓之写生手可也。

| 赏 读 |

　　莲花历来为无数诗人题咏，诗人对莲花的热爱与赞颂，在宋人周敦颐《爱莲说》一文中达到顶点：莲花以其"出淤泥而不染，濯清涟而不妖"的品格被誉为"花之君子"，由此具备精神上的象征意义。在陆龟蒙笔下，莲花却不仅仅是"可远观而不可亵玩"的高洁象征，诗人以"同情"笔调而非颂美口吻写莲，相较于周文，陆诗与莲花靠得更近，由此生发相融相生境界，诗人与白莲通过诗句吟咏，在美的世界与情感的世界合而为一。

　　首句打破常规，咏花不从花之颜色、形状或香气写起，而是替白莲抱不平，谓"素花多蒙别艳欺"，"素花"自然指白莲，"别艳"则指其他争奇斗艳的花，就称谓来看，诗人的情感倾向不言自明。在诗人看来，白莲之美不属于人间，而应当属于天上瑶池。白莲虽是仙家种，却无端落在人间淤泥里，纵然常常受到排挤冷落，亦自舒然独立，这种清冷姿态往往被人目为"无情"，然而白莲哪里是真的无情呢？不过无人识解，无可相语者罢了。晓月将隐之际，清风吹拂之时，清净自持的白莲忽然流露出霎时的脆弱，欲随西风堕去。末句描绘的画面含有一种奇异的忧伤之美：黎明时模糊的光线，渐渐隐去的晓月，清冷地拂过水面的风，欲堕的白莲花，诗人在这一刻似乎听到白莲低语，也就是第三句的"无情有恨何人觉"，一句极轻极低的问，而在诗人这里，白莲的问题得到了低声的温柔答复。

新夏东郊闲泛有怀袭美

唐·陆龟蒙（？—881）

迟于春日好于秋，野客相携上钓舟。

经略彴时冠暂亚，佩笭箵后带频拘。

蒹葭鹭起波摇笠，村落蚕眠树挂钩。

料得只君能爱此，不争烟水似封侯。

| 辑 评 |

【明】胡震亨《唐音癸签》：陆鲁望江湖自放，
诗兴宜饶，而墨彩反复黯钝者，当由多学为
累，苦欲以赋料入诗耳。

| 赏 读 |

这是一首描写夏日隐居生活的诗。陆龟蒙一生中大部分时间隐居于太湖流域。隐居期间，陆龟蒙与皮日休游戏山水，这首七律即作于此时。

初夏时节，诗人与友人来到东郊泛舟，"闲"字见出诗人的悠闲心境。首二句发语平淡自然。开篇点明时令，扣"新夏"二字，却未直接写初夏，而将之与春天和秋天相比，谓"迟于春日好于秋"，一个"好"字暗示这天风和日丽，令人身心舒畅。次句叙事，扣"东郊闲泛"。谓"野客相携上钓舟"，"野客"指村野之人，是诗人自况。诗人与友人相携登上钓船。颔联紧承前句，写诗人一行下舟登岸的情形，"略彴"即小木桥，"笭箵"即渔具。经过小木桥时，诗人的头冠低低垂落，由于背着装鱼的竹篓，腰间束带也频频收紧。"冠带"象征社交礼仪，在自认垂钓野客的诗人身上显得不合时宜，这种不协调流露诗人调侃式的自嘲情绪。长腿的鹭鸟从蒹葭丛中惊起，踩过水面，飞向湖泊的另一边，留下荡漾的湖水，顾自摇动着水中倒影。村落很安静，夏蚕也进入睡眠，湖畔树上随意挂着诗人带来的钓钩。诗人忽对友人说了一句话：想来只有君能真正爱这方烟水，胜过封侯功业。陆诗感叹，"料得只君能爱此"。这是对友人的青眼，亦是诗人的自我剖白，多少人生委曲，在这片烟水中，竟也似淡了，远了。

奉和夏初袭美见访题小斋次韵

唐·陆龟蒙（?—881）

四邻多是老农家，百树鸡桑半顷麻。

尽趁晴明修网架，每和烟雨掉缫车。

啼莺偶坐身藏叶，饷妇归来鬓有花。

不是对君吟复醉，更将何事送年华。

| 赏 读 |

　　这首七律是陆龟蒙写给友人皮日休的酬和之作。诗歌描写初夏时节的农村生活图景，格调清新，笔触活泼，颈联对莺鸟与农妇的映照式描写，尤为灵动自然，颇有意趣。

　　首联描述诗人的居住环境，开篇语极平淡，"鸡桑"是桑树的一种，"百树""半顷"是泛指，形容数量很多。颔联叙写初夏时节的农家生活：趁着晴朗明丽的日子修补渔网木架等日用器具，烟雨濛濛的日子就在室内用缲车缲丝。"尽趁""每和"是农家生活的真实写照，乡间百姓极关注天气，根据天气情况做农事，力求争取更多劳动时间。颈联宕开一笔，转而描写具体的人，采用映照式描写手法——先以"啼莺"为衬，继而引出农妇。黄莺啼叫本寻常事，然而诗人选择"偶坐"一词，描绘停落枝头的黄莺，其形态立时栩栩如生，又用"身藏"二字加以点染，赋予黄莺孩童般灵动的姿态与活泼感情，仿佛它是藏在枝叶间，偷偷地看着什么。饷田回来的妇人徐徐走来，鬓间簪着一朵娇艳欲滴的夏花，整个乡野流动着朴素情意。尾联收束，情绪却陡然转入低潮，诗人无意间透露了自己的真正心事：此地虽好，却并非诗人最为理想的归所。陆诗曾云："未为尧舜用，且向烟霞托"，诗人隐藏在宁静下的痛苦，隐然可见。

唐·来鹄（？—883）

千形万象竟还空，映水藏山片复重。

无限旱苗枯欲尽，悠悠闲处作奇峰。

| 辑 评 |

刘永济《唐人绝句精华》：此借云以讽不恤
民劳者之词。

| 赏 读 |

　　来鹄，豫章（今江西南昌）人。出身贫寒，工于诗，自称"乡校小臣"。乾符元年（874），唐僖宗拜之为帝师，又封豫章国公。本篇诗题为云，旨意却转深一层，借云来写事，表达诗人对农事的关心和忧虑，语言清丽，思致深婉。

　　相较于其他季节的云，夏云柔软雪白，绵密厚重，尤为醒目。云朵有时聚作一团，有时随风飘散，有时铺展成连绵长卷，有时化作白色狮象，姿态不一，变幻万千，没有一朵云与另一朵云完全相像，没有永远维持单一形象的云团。诗歌首句谓"千形万象"，即描述云朵变幻无常的景状。次句所谓"映水藏山"，则道出云的处处可见。它的身影或倒映水中，或藏于山后，层层相叠。然而诗人虽以勾勒出夏云千变万化的景状，其情感口吻却不似一般欣赏者，"竟还空"三字流露出浓重的失望情绪，仿佛诗人对云有过某种期盼，但始终没有实现。"映水藏山"的叙写反映诗人对云朵的追寻，就诗意来看，诗人的心愿并未达成。"无限旱苗枯欲尽"，诗人真正关心的是田地里因干旱而焦枯欲绝的禾苗，盼望聚云成雨。"无限"二字，见旱情之重，亦表露诗人心底深深的担忧。读至此处，方意识到诗歌前两句描写的真正用意，从而产生回味和反省。末句更奇，调转笔头来写云，前人有"夏云多奇峰"之语，此句虽也写"奇峰"，然三、四句并立齐观，却产生了强大的张力，云的"悠悠闲处"在此显得毫无心肝。相较一般文人时常歌咏白云的悠闲自在，这首诗站在劳动者的立场进行观察，具有强烈的讽刺意味。

山居即事四首 其三

唐·吴融（850—903）

万事翛然只有棋，小轩高净簟凉时。

阑珊半局和微醉，花落中庭树影移。

| 辑 评 |

【元】辛文房《唐才子传》：初力学，富词调，
工捷。……为诗靡丽有余，而雅重不足。

| 赏 读 |

　　《山居即事四首》，述山中风光及隐居生活，流露出一种伤感寂寞，尤以第三首为佳，情境相谐，深曲婉转。

　　诗歌开篇写"万事儵然"，"儵然"即无拘无束，形容超脱之状。就字面言，诗人表达的是脱落尘俗的超然自得，然而接下来的"只"字却无意间泄露了诗人的矛盾心绪：尘俗固然是远隔了，但这深山之中，陪伴自己的也只有一副棋了。诗人的居室所处地势较高，高而净，夏天躺在清凉的竹席上寝息，时有微风相迎。第三句承接首句，再次谈到棋，这回"阑珊半局"。虽然下棋，下了半局却已意兴阑珊，这里可有两种解释：一是没有好对手，诗人一人摆谱，自己跟自己对弈，故而觉得没趣；一是没有好情绪，诗人心中烦恼，无法集中精力下棋。无论是哪一种情况，都流露出消沉意绪。后半句又言"和微醉"，显见诗人下棋、喝酒都未能尽兴，或者根本就没有兴致。此处虽为叙事，仍见诗人落落寡欢之气。百无聊赖的诗人在这个寂寥的夏日白昼，于寂寥山中，独对半局残棋，独饮独醉，终于是微醺了。透过他微醺的朦胧目光，瞧见的是庭院中的落花，以及地面上移动的树影。值得注意的是，末句所写是整首诗中唯一的动景，然而这动景如此细微，花的落，影子的移动，在一般情境下是很难注意得到的，然而诗人注意到了。或因其此时微醺，感觉格外敏锐，或因这山中庭院，终究太静了些。

唐·吴融（850—903）

松间小槛接波平，月澹烟沉暑气清。
半夜水禽栖不定，绿荷风动露珠倾。

| 辑 评 |

【清】贺裳《载酒园诗话》：吴子华（吴融）
近体诗，虽品格不高，思路颇细，兼有情致。

| 赏 读 |

　　这首诗描绘夏夜景致，着眼于一个"凉"字，选取典型意象进行摹写，一句一景，构思别致，意境清新幽美，读之可解暑意。

　　诗题为"凉思"，乃盛暑时节追凉之意。夏日白昼骄阳似火，惟夜晚解人倒悬。苦热之甚，故遍寻凉意。诗人在此通过四幅各自独立而又延绵成章的画卷，呈现"咏凉"这一主题，精巧别致。首句绘松泉图，描摹工致。"槛"乃槛泉，即滥泉，指喷涌而出的泉水，《诗经·小雅·采菽》中就有"觱沸槛泉，言采其芹"之语。松林之中，一汪泉水源源不断地喷涌着，水波盈盈，几与沙岸齐平。此时月上枝头，光华流转，投下澹澹月影，林间水气迷蒙，有如烟霭沉沉，在这一派清丽朦胧中，白天恼人的暑气消散无踪，只余一幅烟月图，幽美深静。松林、泉水、澹月、沉烟，共同构成一卷清幽静谧之景，而"半夜"以下两句，则以动破静，侧重于描写夏夜的响动。夜半时分，本是更深人静，一只水鸟从栖息的枝头惊飞而起，翅膀的扑扇声打破绝对岑寂，却更显出凉夜幽静，这一点生机传延至水塘之上，水禽夜飞图也就转作风荷倾露图。只见风行水上，依依绿荷摇晃倾侧，碧玉盘中承的露珠随之倾落，一声脆响。全诗化虚为实，笔墨清雅，颇得凉意。

莲 叶

唐·郑谷（851?—910?）

移舟水溅差差绿，倚槛风摇柄柄香。
多谢浣溪人不折，雨中留得盖鸳鸯。

| 辑 评 |

【元】辛文房《唐才子传》：谷诗清婉明白，
不俚而切，为薛能、李频所赏。

| 赏 读 |

　　郑谷，字守愚，宜春（今江西）人。颇有诗名，尝作《鹧鸪》诗，人称"郑鹧鸪"。多咏物绘景之作，风格清新晓畅，与许棠、任涛等人并称"芳林十哲"。此处选其七绝一首，诗写莲叶，于荷的颜色、香气、姿态外，更抓住一种天然情致，意趣活泼。

　　开篇以舟入画，构思精妙。舟船的移动带入水上情境，船棹划过水面，溅起晶莹水珠，而这水珠一跃，便落到宽绰的碧色莲叶上，来回滚动。舟行水上，观赏视点由舟中转移到栏杆之畔。倚着栏杆往荷塘望去，可以观赏到莲叶的整体姿态，只见莲叶出水亭亭，好似一柄柄翠绿的伞盖，伴着微风轻轻摇动。莲中行舟为动景，一个"移"字写舟行之缓，反映荷塘莲叶之密，"差差绿"写莲叶参差不齐之状。倚槛观荷的诗人处于静态，故而写莲叶随风摇动的闲逸之态，"柄柄香"呼应"差差绿"，一为香气，一为颜色，并绘莲叶之美。三、四句合写一事，造语活泼，妙趣横生。前文极言莲叶之美，第三句中谓"多谢"便不难解作诗人疼惜莲叶，故而感谢浣溪往来的人不曾折败，然，末句一转出人意料，谓"雨中留得盖鸳鸯"。细思之又在情理之中。莲叶既如一柄柄翠绿伞盖，则此番雨中遮盖鸳鸯，正当其妙。最是莲叶有意，鸳鸯有情，人亦知惜取，落下的雨亦成了诗。

开窗

唐·徐夤（？）

闲户开窗寝又兴，三更时节也如冰。

长闲便是忘机者，不出真如过夏僧。

环堵岂惭蜗作舍，布衣宁假鹤为翎。

蔷薇花尽薰风起，绿叶空随满架藤。

赏 读

徐夤，福建莆田人。乾宁元年（890）举进士，尝任秘书省正字，因礼待简略，拂衣而去，隐居延寿溪。这首诗作于赋闲时期。诗题为"开窗"，却并非描写开窗后的见闻，而是将描写赋闲后的心理状态，手法上实虚交织，具有强烈表现力。

首联直承诗题，描写"闲户开窗"系列动作。关上院门，推开窗子，沉沉睡去后复又醒来，更深人静，身处夏季也依然感到夜晚气息如冰水般清凉，朴质单纯的夏日生活描写反映出诗人的生活态度。"闲户"意味隔绝，从繁杂尘扰中脱离。在动乱不安的晚唐，这是许多文人共有的普遍心理。在黑暗的社会现实面前，诗人选择退居自守，因而倾向于封闭与隔绝。颔联与颈联直接叙说诗人的心理活动。"长闲"呼应首句中的"又"，"不出"则呼应"闲户"二字，诗人长期过着闭门不出的隐居生活，好像一位中泯却机心的得道者，抑或是坐夏修禅的僧人。对于自己居所的简陋、衣服的素朴，诗人毫不以为意，"岂惭""宁假"表现诗人对自身价值观的坚守，体现高洁坚贞的美好情操。尾联是全诗唯一一处景语：蔷薇花败，随着薰风凋零殆尽，唯余碧藤满架，绿叶成荫。原本平常的夏日景物此时似乎包含深隐意味，花开花落，荣盛衰败，最后落得一个"空"字，诗人作不经意语，更添情味。

南唐·李中（？）

门外尘飞暑气浓，院中萧索似山中。

最怜煮茗相留处，疏竹当轩一榻风。

┃辑 评┃

【元】辛文房《唐才子传》：（中诗）孟宾于赏其工吟，绝似方干、贾岛，时复过之。

| 赏 读 |

这首诗题咏夏日寺院，巧妙地运用了对比手法，同时抓住疏竹、清风等意象，寥寥数笔，将寺院的幽雅清净书写无遗，结构布置得当，重点突出，末句最见神韵。

寺中题壁而从寺外写起，开篇即妙，不落陈套。写门外景致，一曰"尘飞"，一曰"暑气浓"，都是夏日苦处：夏日炎炎，炙烤大地，故土干地燥，尘土飞扬；街上飞扬的尘土又让人联想到道途当中车马纷杂，世人奔波劳碌之景象，此又是一层苦处。"暑气浓"将夏日之热具象化，写出一片燎烟焦气氤氲之状，直是避无可避。然而此时寺院中却是另一番天地：寺院之内，空气润泽清凉，一派萧索寂静，好似处在深山之中。这一笔紧承首句，咬合得力。唯是上句已将"门外"尘俗奔忙、尘飞暑浓之苦刻写淋漓，此处才能以淡笔勾出寺中幽静，"门外"与"院中"恰成两个世界，此对照之法，既有引出之功，又收衬托之效。接下来诗人笔锋一转，重点写寺院的一个角落，乃僧人煮茶相留招待之处：轩窗之外是几竿疏落有致的翠竹，习习凉风就从竹间吹来榻上，何等惬意，何等自在。以"榻"来丈量风，化抽象为具体。疏竹、一榻，既见僧舍之简净，又见心地清明。疏竹当轩，长榻当风，更见宾主神色之萧散洒落。这些，都由一个"怜"字统摄而出，表达了诗人对禅寺的喜爱以及对主人殷勤招待的感激。

再至汝阴三绝 其一

宋·欧阳修（1007—1072）

黄栗留鸣桑葚美，紫樱桃熟麦风凉。
朱轮昔愧无遗爱，白首重来似故乡。

| 辑 评 |

【宋】胡仔《苕溪渔隐丛话》：永叔有句云："黄
栗留鸣桑葚美，紫樱桃熟麦风凉。"先君有
句云："含桃红紫莺声老，宿麦青黄燕子飞。"
皆初夏诗也。

赏读

治平四年（1067），欧阳修辞参知政事，出知亳州，行前特地请求神宗准许其枉道颍州（汝阴），此诗即为初夏至颍州时所作。欧阳修尝知颍州，将其定为终老之所，此番重回故地，笔下喜悦之情溢于言表。

这首七绝开篇即绘汝阴乡野风光，文辞优美自然。"黄栗留"即黄莺鸟，刚踏上心心念念的颍州土地，就听见黄莺鸟清脆的啼唱声，仿佛因诗人的到来而觉欣悦。首句写黄栗留，除"迎候"诗人，兼具点明节候之用。《诗经·周南·葛覃》陆玑疏云："黄鸟，黄鹂留也。或谓之黄栗留。……当葚熟时，来在桑间。故里语曰：黄栗留看我，麦黄葚熟。亦是应节趋时之鸟。"接下来谓"桑葚美"，揭示黄栗留鸣唱的真正用意——以其得食桑葚之美也。下一"美"字，大俗大雅，既写桑葚滋味美妙，又见黄鸟啖食之快然惬意，并道出诗人对桑葚的美好记忆。

次句写樱桃、麦风，亦是初夏乡野景致。黄栗留鸣，桑葚味美，紫樱桃熟，麦风微凉，其中一为听觉描写，一为触觉描写，余者则为味觉记忆与视觉印象的综合，这两句通过对色、声、味、触的立体描绘，呈现出活色生香的初夏乡野风光。

第三句转笔写诗人与这片土地的渊源，汉制，地方守令所乘之车涂以朱漆，欧阳修曾任颍州知州，故以"朱轮"自况。"昔愧"乃谦语，表示自己未能留下多少政绩。此番重回颍地，已是满头白发，年老的诗人将此地视为自己的"第二故乡"，可见其对颍州的喜爱。就形式言，这首诗运用"顶冠格"手法，每句首字俱为颜色词，却不显生硬，调度自然，带来生动的视觉效果。

夏意

宋·苏舜钦（1008—1048）

别院深深夏簟清，石榴开遍透帘明。
树阴满地日当午，梦觉流莺时一声。

| 赏 读 |

这首诗写夏意，文字通透，诗境清凉。

起句写居所，"别院深深"。别院亦称偏院，相较于主宅极少承担社交功能，更像是主人的一方天地，具有强烈的私人属性。"深深"二字写庭院位置的偏僻及建筑构造的幽深曲折。"夏簟"即竹席，乃应节之物，一个"清"字道出诗人肌肤清凉感受——夏日，连空气都是热的，诗人却于幽深庭院中的一方竹席上感受到清凉。这份清凉不仅仅是触觉上的，更是诗人视觉、听觉等多种感官印象的综合，与其闲适自在的心理状态相融相会，而形成瞬间的心境体验。诗歌第二句写视觉，院子里石榴花开得热烈，满树火焰般的红，透过低垂的帘子映出一片清明透亮，映到眼底，褪了灼灼的热度，更见蓬勃生机。石榴花是夏天的化身。浓密树阴投了一地，影子轮廓清晰，见出树叶的密密匝匝与枝干的遒劲曲结，像阳光作的画，现在是正午时分，太阳高踞中央。末句最妙，写流莺啼唱，时而一声，惊醒不觉中入梦的诗人，同时惊醒读者。前三句写景，别院幽深，夏簟清凉，石榴开遍，树荫满地，一切都是静的，教人无所想，无所挂怀。而午后梦回，流莺断续一声，却唤起梦境与现实交界处一份模糊的惘然。梦既已模糊，醒亦未分明，只有藏身枝叶后的流莺，一声声地唤，像亦经历一场夏日长梦。

宋·王谌（？）

过了荼蘼与素馨，一春风雨欠追寻。

却从立夏晴多日，策杖闲来看绿阴。

| 赏 读 |

　　这是一首清新明快的小诗，作者生平不详。全诗立意单纯，落笔简净，平淡中见诗趣，有潇洒情致。

　　诗歌开篇以花朵开败点明时令：荼蘼花与素馨花花期已过，象征着春天的结束。在古代，不但文人雅士喜欢吟赏花事，乡野百姓也十分关注每种花的开败。花开有时，花落有时，花朵的开落与人们对时间的记忆紧密相连，民间更有"二十四番花信风"之说。"一春风雨欠追寻"，春雨濛濛，春风料峭，风雨几乎连绵整个春天，诗人寻春的脚步因之被阻挡。想那山林中、深谷里、田地间、原野上，多少烂漫繁花正自盛开，诗人却为这不休的风雨所阻，无可奈何地等待着，而那些繁花就在等待中凋零萎落，如同一场匆匆幻梦。"欠追寻"三字之下，不知落了几许遗憾，几许黯然。

　　第三句陡笔落一个"却"字，事情有了转机，诗歌情绪亦由黯然转为振起。自从立夏后，风雨终于止息，一连多日都是晴朗天气，潮湿阴冷一扫而空，取而代之的是和煦阳光，诗人的愁绪亦随云消雨霁而消散。步走出家门，去寻访烂漫繁花，却发现荼蘼与素馨都已开败。诗歌首句应当是"晴多日"后诗人出门寻访时的发现，诗人之所以将其置于开篇，意在强调错过花事的遗憾之情。然而诗人并未被伤春情绪湮没，他拄着步杖，悠闲自得的观望眼前的一片绿荫，诗人并未对自己的行为或对那片绿荫做进一步阐释与描述，读者却不难领会"春光自好，夏日亦佳"的意味。一个"闲"字既写出诗人赏景情态，又见潇洒精神。

 其一

宋·王安石（1021—1086）

茅檐长扫净无苔，花木成畦手自栽。
一水护田将绿绕，两山排闼送青来。

| 辑　评 |

高步瀛《唐宋诗举要》：（"一水"二句）此
亦句法偶同耳，未必有意效之（指许浑"河
势抱关来"句）。

| 赏 读 |

　　"湖阴先生"即杨骥，字德逢，乃王安石好友，隐居后湖南岸，故号曰"湖阴"。王安石罢相后，隐居江宁（今南京），常与杨骥往来，本篇即题于杨家屋壁上。诗歌通过描写杨家居所的清幽环境，表达对友人高雅情致的赞美，笔法灵动圆融，体现出高超的艺术技巧。

　　首句写居所的清幽明净，居所因勤于打扫而尘苔不生。"花木"句写庭院的花木葱茏，主人亲自栽种侍弄，"成畦"二字见出初夏花木的丰美。此二句借景写人，见出主人的简净勤劳，勾勒其闲扫茅檐、侍弄花木的隐者形象。

　　三、四句以景达情，落语精当。诗人的视线由庭院转向外面，近景一时转为远景，空间的陡然扩大令诗人目光变得悠远，只见一条河流环绕着不远处的水田，漫漫流淌，小河弯弯，禾苗油绿。"护"字拟人，赋予河流人的感情，仿佛河流亦知护惜农田。尾句所绘的青山，则更显妩媚可爱：两座相对远山，似能与人感应，兴高采烈地"排闼"而入，竟然生生撞开院门，将满山苍翠送入主人眼底，一曰"排闼"，一曰"送"，两处动词活泼有力地写出青山入目之情状，可谓神妙。山水情意与主人情志如同镜像映现，居所的清静幽美，山水的妙合自然，与主人清旷高远的精神相应和，故全诗描情绘景，一片浑化无迹。

暑旱苦热

宋·王令（1032—1059）

清风无力屠得热，落日着翅飞上山。
人固已惧江海竭，天岂不惜河汉干？
昆仑之高有积雪，蓬莱之远常遗寒。
不能手提天下往，何忍身去游其间！

| 赏 读 |

　　王令，广陵（今江苏扬州）人。少年时尚意气，后折节读书，见赏于王安石，以文学知名。诗歌风格豪迈阔大，想象雄奇，富有浪漫色彩。此处选其七律一首。本诗以雄奇之笔写夏日暑热，复加以纵横驰骋的想象，构建出奇幻宏阔的诗境，笔力苍劲，抒发诗人以天下为怀的博大胸襟。

　　这首诗以"暑旱苦热"为中心，开宗明义，首联即直叙暑热之甚：炎炎夏日，人们大多倚仗清风来驱减暑热，因而在众多有关消夏的文字记载中，"清风""凉风"出现的次数最为频繁。然而诗中首句即言"清风无力"，打破人们素习的清凉幻想，又落一"屠"字，下语极重，表现出强烈的感情色彩。清风无法使暑热稍稍退散，人们就唯有寄希望于日落之后的夜晚，希望从夜晚中寻得几分凉意。然而，尽管无数双眼睛盯着天边的斜阳，急切地期盼它落下，落日却一点不体谅人意，仿佛生了翅膀，飞上山头之后一动不动，冷眼觑着下界的生灵。面对此种景象，诗人愤而向上天发问：暑热至斯，人们担心连江河湖海都会枯竭，难道上天不惜把银河也烤干？问亦问得奇。颈联宕开一笔，摹写诗人想象中的清凉世界。传说昆仑山上常年积雪，蓬莱岛上四季清凉，然而这里诗人已然埋下伏笔：昆仑高，蓬莱远，纵是避暑佳胜之所，普通人却无法轻易涉足。故而有了尾联的高叹：既然无法与天下人一同前往，我哪里忍心独自前游呢？此句写出诗人兼怀天下的襟抱。"手提天下"见其志，"何忍"二字见其情，落笔雄壮有力。

六月二十七日望湖楼醉书 其一

宋·苏轼（1037—1101）

黑云翻墨未遮山，白雨跳珠乱入船。
卷地风来忽吹散，望湖楼下水如天。

| 赏 读 |

　　宋神宗熙宁四年（1071），苏轼因反对"王安石变法"被外放，任杭州通判。次年夏，苏轼登上西子湖畔的望湖楼。望湖楼又名看经楼，乃五代时吴越王钱弘俶所建，东坡登楼醉饮，乘兴提笔写下五首绝句，此为其一。

　　这首诗以精妙的笔墨描绘了一场气势磅礴的夏日阵雨，写出了夏雨的独特魅力，刻画入神，笔力清雄，读来使人畅快淋漓。

　　起笔写云，着一"翻"字，摹写阴云连绵、涌动起伏之状。既言"黑"又云"墨"，黑云翻涌，如同一只无形大手正以天为幕泼墨为画，雄壮之景如在目前。对句写雨，着一"跳"字，描绘雨如珠子、飞落跳脱之状。将夏天的急雨喻为迸落的珍珠，下语精妙。春雨细软，秋雨清冷，夏雨苍莽，气格雄壮。"跳"之一字，不仅写出了雨珠落下的姿态，更点明了雨珠落下的力度，这份力道，正是夏雨之美所在。急雨瓢泼而下，纷乱之际溅入船内，以"乱"状其声势之大。第三句写风，为一转折。卷地风来，雨散云开，"忽"再次点出夏雨急骤的特点：阴云骤聚，雨珠骤落，狂风骤吹。云起、雨落、风吹、雨歇这一系列事件均发生在极短时间之内，声势浩大却又来去无踪，使人惊心动魄之余不禁生出恍如一梦之感。末句写雨后之景，天地澄清，水平如镜，这一派宁静与前文所绘之动荡纷乱形成鲜明对比，从而使动者愈动，静者愈静，余韵不绝。

　　全诗节奏明快，极具飞动之势。雨前、雨时、雨后层层转进，夏雨之急骤，夏日天气之变幻莫测尽蕴其中。苏公之笔，恣意纵横，于兹可见。

宋·贺铸（1052—1125）

天气清和树荫浓，冥濛薄雨湿帘栊。
蔫红半落生香在，向晚玫瑰架上风。

| 辑 评 |

【清】曹庭栋《宋百家诗存》：灏落轩豁，
有风度，有气骨。

| 赏 读 |

这是一首描写初夏风物的小诗。诗歌剪裁自然，犹如一幅团扇小品，玲珑可爱。

诗歌开篇描述初夏这一特殊时节带给人的总体感受，用了"天气清和"四字。"清和"既非纯粹视觉的，也非听觉的，而是多种感官体验以及心理印象综合感受，形容初夏再贴切不过。谢灵运诗中就有"首夏犹清和"之语。春寒已过，盛暑未至，初夏的气息显得格外清新，和煦阳光轻轻洒落，而给人留下最深印象的，还是那一团团浓绿树荫，葱茏的树木生机焕发，映照得整个世界碧绿如新。"冥濛"句写初夏的雨，描绘生动、轻灵。"冥濛"即幽暗不明，写出下雨之前由于阴云聚合，光线由明转暗的变化，"薄"状雨之细小，有轻灵之感。天色倏然幽暗，轻灵薄雨纷纷洒落，打湿窗牖与门帘，雨势并不很大，几乎听不到雨声。"帘栊"作为居处的象征，不动声色中由景及人，淡笔勾勒出赏雨的诗人身影，安闲宁适。末二句写初夏之花，活色生香。雨后地面上零星飘落着蔷薇的花瓣，这是春天的尾声，杜牧有诗云"蔷红半落平池晚"，即写暮春时景。春天的花虽落了，空气中却还分明散发着花的香气，诗人抬首望去，只见满架的玫瑰映着向晚的余晖，在微风中轻轻摇动。诗歌就此收束，画面凝定在晚风吹拂过玫瑰花架的那一刻，时光似乎就此静止，无有过去，无有将来，教人心甘情愿，沉醉其中。

夏日三首 其一

宋·张耒（1054—1114）

长夏村墟风日清，檐牙燕雀已生成。

蝶衣晒粉花枝午，蛛网添丝屋角晴。

落落疏帘邀月影，嘈嘈虚枕纳溪声。

久判两鬓如霜雪，直欲渔樵过此生。

| 辑 评 |

【明】吴之振《宋诗钞》：近体工警不及白，
而蕴藉闲远，别有神韵。

| 赏 读 |

　　张耒，"苏门四学士"之一。诗文兼擅，其文"汪洋淡泊，有一唱三叹之声"（苏轼语）。此处选其七言律诗一首，诗写乡村夏日景致，笔触细腻，情思婉转，气象蕴藉闲远。

　　诗歌开篇以一个"清"字概括夏日乡村给人的总印象，复用寥寥七字，点出时令（长夏）、地点（村墟），以及风和日清的季节感受，统摄全诗。次句承上，以檐间飞舞的燕雀印证节候，一派活泼生机。夏日晴天，忙碌的不只是来往的燕雀，还有午时绕着花枝飞舞的蝴蝶，它们翩跹展翅，似是晾晒蝶衣上的粉末，蜘蛛趁着天晴在屋角添丝织网。诗中提到的燕雀、蝴蝶、蜘蛛，常见于宁静清幽的乡村，而诗人以生动细腻的笔触，描绘出这些常见之物充盈着的生命活力与喜悦，与风和日清的夏天相得益彰。颈联下一转笔，由白昼日景写到夜晚月景，前者清朗，后者清幽。"落落"二字状月影，曲尽其妙，清澹月华照在帘幕之上，却非自来，而是疏帘"邀"来，于唯美外多添了几分情意。"嘈嘈"一词形容溪水流淌声，却是以声写静，"纳"字化虚为实，赋予溪声有形实体，见其清越。诗人倚着虚枕，只听得一溪水声，嘈嘈切切，有如冰敲玉琢。所见所闻，清和幽美，无不令人欢喜欣悦。在这样的情境中，诗人真正会得清闲意趣，故而有了尾联的感慨。平生奔波劳碌，多少艰辛失意俱藏在那如霜鬓发中，此时闲居乡野，才识得人生清趣，做个樵夫渔夫过此余生，正是诗人心中所愿。

三衢道中

宋·曾几（1085—1166）

梅子黄时日日晴，小溪泛尽却山形。
绿阴不减来时路，添得黄鹂四五声。

| 赏 读 |

　　曾几，赣州（今江西）人。虽被后人列入江西诗派，然其诗作不事险僻，自然娴雅。此处所选乃曾几的一首纪行诗，描写往来于三衢道上的所见所闻，清新活泼，气韵生动。

　　这首诗意象单纯，清新自然，笔法却暗藏匠心，层层拗折，将一首简短明快的小诗写出波澜起伏、妙趣横生的效果。首句点明出行时节，正是梅子黄熟之时。三衢山位于衢州（今浙江巨县）城北，地属江南，梅子黄时正是初夏时节，初夏的江南原本多雨，因梅子黄时雨水延绵不绝而有"黄梅雨"之称，北宋贺铸尝有"梅子黄时雨"（《青玉案》）之句，时人赵师秀亦有"黄梅时节家家雨"（《约客》）之语，均可为证。然而首句于"梅子黄时"下接"日日晴"三字，落语出人意表，暗含一层转折：梅子黄时本是阴雨连绵，出行在外又最怕风雨，然而天公作美，竟是连晴数日，真是意外之喜。"日日"二字的重复，写出诗人因意料之外的好天气而倍觉愉悦的心理。次句叙写旅行景况，"却"字又带出一层转折：泛舟溪中，来到溪水尽头，遂弃舟登岸，转走山路，完成水路与陆路的转换，"却"字写出诗人饱览小溪风光后，乍见青山景致的新鲜与喜悦。第三句写"绿阴"，亦寻常景物，然而诗人将其置于时间轴的比照之下，谓之"不减来时路"，则诗人前度曾经过此地，此番乃去而复返之事可知，诗歌于此再生一转折。一来一去，道途中的绿阴深浓更甚，繁盛的枝叶间传来四五声黄鹂的啼鸣，季节的推移在此不动声色地写出，三衢道亦在地理空间上添了一份时间记忆，诗意盎然。

闲居初夏午睡起二绝句 其一

宋·杨万里（1127—1206）

梅子留酸软齿牙，芭蕉分绿与窗纱。
日长睡起无情思，闲看儿童捉柳花。

| 辑 评 |

【清】王端履《重论文斋笔录》卷九："梅子留酸""芭蕉分绿"已是初夏风景，安得复有柳花可捉乎？

| 赏 读 |

　　夏日炎热而漫长，在农村闲居度日的诗人睡了个午觉，一觉醒来提笔写下两首绝句，此为其一。

　　这首绝句起笔从味觉入手，写诗人感觉到牙齿的酸软，嘴里还残留着梅子的酸涩味道，回想起入睡之前因为贪嘴，多食了几颗梅子，以至于午睡醒后嘴里还泛酸，味道持续的时间之久与诗人"软齿牙"的直观感受，可见梅子酸味的浓郁。对句从味觉描述转为视觉描写，此时诗人尚未起床，刚刚从对梅子的回味中转过神来，慢慢睁开眼，将目光投向窗外，只见窗纱之上，一抹盈盈的碧色，这碧色鲜明、通透，隐隐有光华流动，教人不觉屏息凝神——房间的窗纱，几时成了这样的绿？诗人分明疑惑着，却倏然想起院子里原长着一株肥大的芭蕉，正位于这个房间的窗外，是它的碧色染绿了窗纱。一"留"字，一"分"字，赋予无情之物以灵气，使梅子含情、芭蕉有意，平添生趣。末尾两句，由对景物的描摹转向对人物的刻画。"日长睡起无情思"，夏天白昼时间很长，诗人昼寝而眠，从长梦中醒来时，思绪是朦胧、缥缈的，而待神思清明，却发现自己闲居在家，亦是无牵无扰，"无情思"即谓此。于是，年近四十的诗人竟在这样一个夏日午后，看起了儿童捉柳絮，一个"闲"字写出诗人心境的闲适自在，更见出诗人内心的童趣。白居易有句，"谁能更学儿童戏，寻逐春风捉柳花"，飘飞的柳絮与儿童相宜，捉絮的儿童又与天真的诗人相宜，乐趣的真意或在于此。

宋·赵师秀（1170—1219）

黄梅时节家家雨，青草池塘处处蛙。
有约不来过夜半，闲敲棋子落灯花。

| 赏读 |

赵师秀，永嘉人。与徐照、徐玑、翁卷并称"永嘉四灵"。诗学贾岛、姚合，多用白描，取唐人笔意，有《清苑斋集》。《约客》一诗，写候客不至的情景，通过景物和动作描写反映诗人心理活动，下笔细腻，文字明净，诗境圆融。

起首二句从听觉写起。初夏梅子黄熟，江南落雨纷纷，诗人坐在家中，听雨声潺潺，思绪越出自家窗牖，见江南家家有雨，户户笼烟，自先在脑海中绘出一幅江南烟雨图。伴随着渐沥雨声的，是青蛙呱唱，它们蹲踞在池塘边上，青草深处，一声声，像迎接这雨，又像呼唤友朋。"处处蛙"对"家家雨"，工稳且相呼应，俱为作者的场景想象。在结构上，一、二句是大笔总提，偏重整体环境描写，营造清新自然的诗境。第三句转入对人物的刻画，以"有约"二字点出题旨，直接描写主人公的心理活动：诗人与友人相约见面，故在家中等候，直等到夜晚过半，客人却始终没有来。在这里，诗人将其情感变化的线索埋在短短七字之内，先说"有约"，是一份喜悦和期待，然而"不来"，喜悦也就落了空，转为失望，"过夜半"三字通过对时间的强调，突出主人无奈心情。然诗人更下转笔，写这主人公等候时无意间轻敲棋子，灯花恰好在此时落下，是为敲棋震落还是久燃之下自然而落无关宏旨，关键在于那一瞬间，人物的细节动作与叩响的棋声、落下的灯花，以及这些意象蕴含的种种情思，都随着诗句的收束定格在一刹那，含而不尽，余味悠长。

夏五月武昌舟中触目

元·揭傒斯（1274—1344）

两髯背立鸣双橹，短蓑开合沧江雨。

青山如龙入云去，白发何人并沙语？

船头放歌船尾和，篷上雨鸣篷下坐。

推篷不省是何乡？但见双双白鸥过。

| 赏 读 |

揭傒斯，字曼硕，龙兴富洲（今江西丰城）人。以布衣授翰林国史院编修，拜集贤学士，封豫章郡公。其诗风格清婉丽密，与虞集、杨载、范梈并称"元诗四大家"。

这首诗作于大德八年（1304），时旅居武昌的诗人在一个夏日乘船出行，叙写了舟行途中的一段见闻。诗歌以两位舟中老者为描述对象，绘出一幅清缈的风俗画，颇有情致。首联刻画人物，以"两髯"指代两位长髯船夫，生动形象。继而写其姿态：他们相背而立，有力地摇动着船橹，"鸣"指船橹摇动的吱呀声。随着船夫身形的起伏，他们身上披着的蓑衣时开时合。诗人将人物刻画置于沧江烟雨的宏阔背景中，将触目即见的近景推为远景特写，布置巧妙。颔联承上，描绘雨中所见。远处青山隐隐，在烟雨中有如飞入云端的巨龙，沙岸上似有白发老者在说话，却辨不清面目，这两处描写与前文之"沧江雨"相关合。颈联转回舟中，归结到诗人。"船头""船尾"，"篷上""篷下"，通过两组空间位置变化，相对成趣。前者写船夫的放歌唱和，渲染闲适自在的气氛，后者写诗人舟中清坐，听夏雨打落在船篷上发出的沙沙声响，别有一番悠然意趣。船上歌声不绝，篷上雨声绵绵，举目四望，只见沧江烟雨，一片浩浩茫茫。诗人推开船篷，一时竟不知自己身处何方，唯见双双白鸥倏忽而来，又倏忽而去。这次雨中行舟的体验无疑让诗人印象深刻，尾联一问，道出些许人生感喟，意蕴深婉。

夏 日 杂 诗

清·陈文述（1771—1843）

水窗低傍画栏开，枕簟萧疏玉漏催。
一夜雨声凉到梦，万荷叶上送秋来。

| 赏 读 |

　　陈文述，钱塘（今杭州）人。嘉庆五年（1800）举人，诗名著于嘉庆、道光年间，风格稍近吴梅村、钱牧斋。本篇写江南夏末时节的夜雨情景，词句灵秀，描画清新，三、四句落想新奇，尤见佳处。

　　夏天暑气盛，到夜晚也难逃闷热，有条件的人家会选择住在临水之处，如水亭、水阁等。诗人亦临水而居。本诗起首便言"水窗"，虽未直言时令，然时当夏季自属题中应有之义。临水的窗子开得很低，紧傍水边的画栏，是为了给水上凉风让路，因此这一句表面上写居室情况，实际却是取纳凉之意。第二句由水窗、画栏写到枕簟、玉漏，所取意象皆不脱落一个"夏"字。诗人卧于水窗下，枕习习凉风，萧然无事，本该有一个清凉好梦，却不期然听到叮叮咚咚声响，思忖一会儿，认得那是用来计时的玉漏壶滴水的声音。玉漏滴水声声可闻，又从侧面衬托出夏夜阒寂，夏夜愈静，玉漏声愈是清晰可闻，而玉漏的声响，又衬得这夏夜更静。"催"字可见诗人辗转难眠的情态。"一夜"句陡转，不知何时下起雨，雨水带着清凉洒落人间，似也落入诗人梦中。"一夜雨声凉到梦"，看似平凡，却使全诗陡起波澜，将雨声的清绝、梦境的清凉、诗人的欢悦一齐写出。末句结以"万荷叶上送秋来"，落想新奇：雨珠打落在万片荷叶之上，铮钹作响，更见天地清凉，诗人由这难得的凉意联想到秋天，这一场夏末的雨，踏着水上的荷叶，将秋神送来。李商隐尝有诗云"留得残荷听雨声"，见出衰飒，"万荷叶"句神思清爽，可相参看。

小磨诗坊 · 夏

词

玉楼春 · 避暑摩诃池上作

后蜀·孟昶（919—965）

冰肌玉骨清无汗，水殿风来暗香暖。
帘开明月独窥人，欹枕钗横云鬓乱。

起来琼户寂无声，时见疏星渡河汉。
屈指西风几时来，只恐流年暗中换。

| 辑 评 |

【明】杨慎《升庵诗话》：七言律之仄韵，
即填词之《玉楼春》也。

【清】王士祯《五代诗话》引《漫叟诗话》：
杨文素作本事曲，记洞仙歌："冰肌玉骨，
自清凉无汗，水殿风来暗香满。秀帘开，
一点明月窥人。人未寝，欹枕钗横鬓云
乱。……"钱塘有一老尼，能诵后主诗首
章二句，后人为足其意以填此词。

| 赏 读 |

　　这首词作于摩诃池,乃孟昶夏日避暑时所作。摩诃池是后蜀皇宫中的大水池,故址位于今四川成都市旧县。词的上阕描绘了一位冰肌玉骨的美人。这位美人的皮肤晶莹通透,如同冰雪,仿佛以玉石为骨,散发清冷之气。炎热夏天,人皆大汗淋漓状甚狼狈,唯其风姿神秀,清凉无汗。清人张潮尝谓美人曰"以花为貌,以鸟为声,以月为神,以柳为态,以玉为骨,以冰雪为肤",盖古之美人形象其来有自。美人所住宫殿建于水上,微风从水面拂来,只觉暗香浮动,一个"暖"字,见出香的馥郁,亦暗示其香源于美人,因而是暖的。殿中帘帏高卷,一轮明月低低地挂在檐角上,似在偷看殿中美人。此句正话反说,不说人望月,却道月窥人,更增情致。上句既谓"明月窥人",下句就成了月亮的视角,只见——美人斜靠在枕上,头上簪钗斜横,如云鬓发稍稍凌乱,越发显出一种慵懒妩媚。莫说是人,大概连月亮也看呆了。

　　下阕仍写美人,角色却已发生变化,美人开始由被动的观赏者转为主动抒情者。深夜醒来,华美的宫殿内阒寂无声,抬头看看天空,只见一道银河从天宇垂落,不时划过几颗流星。屈指计数时间,想着夏天已然要过去,不知西风何时吹来。只是,等到西风起,秋天也就到了,只怕万物凋零,一年又将这样过去。此词以避暑为题,以美人为中心,开阖有致,深切婉转,实为可诵。

梦江南

唐·皇甫松（？）

兰烬落，屏上暗红蕉。闲梦江南梅熟日，夜船吹笛雨潇潇。人语驿边桥。

| 辑 评 |

【清】陈廷焯《白雨斋词评》：梦境化境，词虽盛于宋，实唐人开其先路。

王国维《人间词话·附录》：情味深长，在乐天、梦得上。

| 赏 读 |

　　这首小词用柔婉笔触勾勒出游子羁旅情怀，词中细腻入微的细节描写以及惝恍迷离的情境营造，与烟水朦胧的江南相生相映，浑然天成。

　　词的开篇写室内情景。"兰烬"指兰膏燃烧后的余烬，古人用泽兰炼制油脂，用以燃灯。兰膏燃的灯烛落下余烬，空气中浮动泽兰暗香，夜已深。屏风上绣的美人蕉随烛光熄灭而沉入黑暗中。寥寥数语，道出夜晚更深人静。"闲梦"以下三句，转写梦中之事，迷离惝恍，却又真切可感，梦境与现实在此遭逢，却不知何者是梦，何者为真。初夏时节的江南，正是梅子黄熟之时，伴随梅子酸甜滋味一同留存在诗人记忆中的，还有江南的雨，连绵不绝的阴雨，飘飘洒洒，润湿整个水色江南。立在船头，手持长笛的那人是谁？原本清越悠扬的笛声，在夜雨潇潇的船头，转作沉沉呜咽，一路低回缠绵，有如离人的泣诉。潇潇的夜雨啊，低回的笛声，可是在为谁送别吗？这场离别怎生如此漫长，送了一程又一程，一次又一次，雨总下个不停，船随笛声行着。那就不要停了，就让这雨一直下下去，这笛一直吹下去，让这船慢慢地行，让彼此相送，当作没有终点。而梦，终是醒了。梦中的梦，亦到尽头。驿桥边说话的人，辨不清是梦里，还是梦外，无论梦里梦外，此处的人语声都暗示同一件事：远行的人，终究是走了。那场怎么送也送不完的离别，终究画上句号。只是词人的目光，似依旧停留在驿桥边的依稀人影上，眷恋不去。

 其一

唐·皇甫松（？）

菡萏香莲十顷陂（举棹），小姑贪戏采莲迟（年少）。

晚来弄水船头湿（举棹），更脱红裙裹鸭儿（年少）。

赏 读

《采莲子》属于唐代教坊曲，四句七言，形式近于七言绝句，然而这组歌词句尾均带有和声，既使曲子声韵回环，灵动活泼，又展现采莲女子一众唱和情景，颇具民间风情。

采莲，向来是夏日江南一大盛事，同时也是无数江南人，以及江南过客记忆中一抹温柔而鲜明的亮色。如果说江南是水色的，江南的水在夏日则是属于莲花的。"菡萏香莲十顷陂"，满目的荷叶荷花遥遥铺展水上，十顷碧波皆漾动莲的清香。开篇描绘荷塘美景，空间阔大，花事繁盛。就在这朱碧纷纷之下，花叶深掩之处，一位身着红裙的少女荡着小舟，在莲花丛中悠然穿行。少女平日藏于深闺，少有机会出来玩耍，此番借采莲名义，与同伴嬉笑玩闹，好不尽兴。"贪戏"二字，刻画出少女天真顽皮神气，令人莞尔。每句句末的"举棹""年少"皆为衬字，也就是曲子的和声，一女子唱，众少女齐声相和。衬字与词意切合，如前文"举棹"，唱出少女打桨荡舟情形，此处"年少"，应和"小姑贪戏"场景。末二句集中叙写这位采莲少女。"晚来"上承前一句中的"迟"字。少女坐在小舟之中，又是探身去采脆生生的莲蓬，又折荷叶，嗅荷花，转眼来到船头，赤着脚丫，俯身去弄水，直把身上衣衫、船头木板皆尽溅湿。这位美丽的"肇事者"对此浑不在意，兴起之下脱了红裙去裹那水中的黄鸭儿，词尾一声"年少"，极尽欢娱，乃至浮现出几许令人叹惋的哀伤。美丽者对自身的美丽没有察知，青春年少恣意欢乐，如同梦幻，教人目眩神迷。而甜蜜之下的感伤，或只有历经岁月，方能尝出几分回甘。

渔家傲

宋·欧阳修（1007—1072）

乞巧楼头云幔卷，浮花催洗严妆
面。花上蛛丝寻得遍。颦笑浅，双眸
望月牵红线。

奕奕天河光不断，有人正在长生
殿。暗付金钗清夜半。千秋愿。年年
此会长相见。

| 赏 读 |

　　这首词描写七夕乞巧风俗，摹写生动细腻，笔法轻灵宛妙。

　　民间旧俗，农历七月初七，亦即七夕节这天夜里，妇女会在庭院里向织女星乞求巧慧，俗称"乞巧"。词开篇描述的"乞巧楼"即为此所建。"云幔"即指绣有花纹，轻柔如云的帘幔。彩楼耸立，云幔高卷，香案上各色瓜果浸在水中，排成一列。这是一场独属于妇女的仪式，庄严之外，更多几分闺阁秀丽。仪式所需物品都已置备妥当，参加仪式的主角还在忙碌不已，一个"催"字，写出女子们梳洗装扮的郑重与紧张，精心梳妆同样见出其对乞巧仪式的重视。"花上"以下三句，正面描写妇女的乞巧活动。第一项就是寻找蛛丝，为此将花丛搜寻遍。梁宗懔《荆楚岁时记》载："七夕，妇人陈瓜果于庭中以乞巧，有喜子网于瓜上，则以为得。"喜子就是蜘蛛。《开元天宝遗事》中，所记更进一步，谓宫女在七夕这天捉来蜘蛛放在小盒中，晚上开盒，谁的蜘蛛结的网更密实，谁得的"巧"就更多，民间妇女纷纷效仿。此外，还有"牵红线"。据《遗事》载，"嫔妃各以九孔针，五色线，向月穿之"，穿过就得了"巧"。词中叙写乞巧场面，生动地描摹女子心理，如"寻得遍"，情态如"颦笑浅"，动作如"双眸望月"，展现对美好生活的殷切希望。下片转从银河写起，过渡到爱情主题。七夕夜星光烂漫，李隆基与杨贵妃曾在这晚定情长生殿中，清夜过半，金钗作为信物交付恋人。不管帝王宠妃的角色如何终场，此时此刻，作为一双恋人，心中所愿大抵亦只有"年年岁岁长相见"。词至此终，留下一个美丽而忧伤的祈愿，属词清丽。

鹧鸪天

宋·苏轼（1037—1101）

　　林断山明竹隐墙，乱蝉衰草小池塘。
翻空白鸟时时见，照水红蕖细细香。

　　村舍外，古城旁，杖藜徐步转斜阳。
殷勤昨夜三更雨，又得浮生一日凉。

| 辑 评 |

【清】郑文焯《评东坡乐府》：渊明诗："啸
傲东轩下，聊复得此生。"此词从陶诗中得来，
逾觉清异。较"浮生半日闲"句，自是诗词
异调。论者每谓坡公以诗笔入词，岂审音知
言者？

| 赏 读 |

　　这首词一般认为是神宗元丰六年（1083），苏轼谪居黄州时所作，明毛晋本题作《时谪黄州》。词写东坡在黄州的乡村生活，词人于夏日傍晚游赏田园美景，赞叹雨后新凉，传达闲适放达的意绪，流露出田园牧歌式的情调。

　　词开篇写远眺所见，"林""山""竹""墙"，七字之中写出四种景物，以"断""明""隐"三字化静为动，将视觉感受与景物变化融而为一，流转浑成。继而叙写中景，乱蝉鸣声将词人视线引向小池塘，池塘之畔衰草丛生，是夏末秋初景象。后二句述"白鸟""红蕖"，乃局部特写：时见白羽的鸟儿掠过池塘，一个"翻"字点出白鸟羽翅翻飞之景，写出活泼泼的力量；绯色芙蕖盈盈照水，随风送来细细花香。此乃词人凝神赏玩之感受。白鸟飞动，芙蕖娴静，动静相生，兼有"红""白"色彩的映照，更下"时时""细细"二叠词，清爽明快，声韵流利。下阕转写人物，以"村社外""古城旁"的位置变换点出词人游踪，俱是清幽所在。词人拄着犁杖一直走到黄昏时分，斜阳欲下。"徐步"二字见词人悠闲意态。昨夜下过一场雨，是以这炎夏之中，终觉凉爽。以"殷勤"道雨，像自然也有情意，实则是词人情意。"浮生"一句，将雨后新凉这样一件小事置于生命的广阔背景下看，意味深长：词人漂泊人世，如飞絮浮萍，无有根蒂，不得自主，苦火煎熬时日多，清凉欢喜时日少，这场雨，是有情而难得的了。

阮郎归·初夏

宋·苏轼（1037—1101）

　　绿槐高柳咽新蝉，薰风初入弦。
碧纱窗下水沉烟，棋声惊昼眠。

　　微雨过，小荷翻，榴花开欲然。
玉盆纤手弄清泉，琼珠碎却圆。

| 辑 评 |

【明】李攀龙《草堂诗余隽》：景是写情，
情在笔先，景描楮上，色色如画。

【清】黄苏《蓼园词评》：清和婉丽中而风
格自佳。

| 赏 读 |

东坡词开豪放一派，与"青兕"辛弃疾合称"苏辛"，词风清旷，笔力纵横，其清词丽句亦不让他人，此首《阮郎归·初夏》即写初夏闺阁生活，充满日常生活情趣，意绪悠闲，清新可喜。

首句通过视觉、听觉、触觉综合描绘初夏景物，给人留下鲜明印象。以"绿槐""高柳""新蝉""熏风"等具初夏特征的意象营造季节感：绿槐成荫，在地上投下深浓树影，柳树褪去暮春的稚嫩，愈拔愈高，绿槐高柳间新蝉的鸣唱声一时止歇，温度慢慢高了起来，初夏就这样降临人间。"碧纱窗"句转入居所环境描写：室内燃了沉水香，白色轻烟冉冉升起，如梦似幻，白烟映着碧绿窗纱，色彩鲜妍明净，而闺阁中的女子正伴着这香入梦。忽然，棋子落枰的一声脆响惊醒了昼眠人，能为落子声音所惊，一则说明周围环境的幽静，以声衬静，一则写出女子自长梦中醒转情形。下阕承上，写女子醒后所见所闻，乃是微雨方过，小荷初翻，空中满是雨后清新气息，而庭院的一角，一树石榴花红艳艳地开着，如同肆意燃烧的火焰。女子为这夏日生机感到轻盈、愉悦，自己亦不自觉走到荷池边探出纤手，拨弄清泉水，那荷叶有如玉盆，浮起一泓清碧，从指尖滴落的水珠有如珠玉，落在荷叶上，摔碎了，却仍是圆满无缺。至此，这位闺中女子已与周遭景物融为一体，共同组成这首词所展现的初夏印象。

这首词落笔清婉，写物灵动，乃咏夏词中佳作。

喜迁莺·端午泛湖

宋·黄裳（1044—1130）

　　梅霖初歇。乍绛蕊海榴，争开时节。角黍包金，香蒲切玉，是处玳筵罗列。斗巧尽输少年，玉腕彩丝双结。舣彩舫，看龙舟两两，波心齐发。

　　奇绝，难画处，激起浪花，飞作湖间雪。画鼓喧雷，红旗闪电，夺罢锦标方彻。望中水天日暮，犹见朱帘高揭。归棹晚，载荷花十里，一钩新月。

赏 读

黄裳，字勉仲，元丰五年（1082）进士。这首词描写端午欢庆场面，铺陈富丽、语言明艳，详略得宜，渲染出热烈的节日气氛。

起首三句描写节候景物，交代环境背景。"梅霖"句点出天气状况，是时正是梅雨乍停、天气晴和之日，海石榴花争相盛开，有如枝头火焰。良辰美景，正逢端午佳节，"角黍"以下三句，描写人们在端午节的特殊饮食：黍米蒸的粽子用菰芦叶裹成精致形状，透着淡黄颜色，叶子狭长有如宝剑的香蒲放入酒中浸制，一食一饮，色香俱全。"玳筵"指豪华、珍贵的筵席，"包金"的角粽、"切玉"的香蒲酒，无数珍馐佳肴罗列于筵席之上，反映出生活富足。"斗巧"句写端午习俗，少年斗巧玩乐，年轻人手腕上系着五色彩丝，又叫"长命缕"，取辟邪祟之意。"舣彩舫"三句落笔湖上，写词人岸边停船，观看龙舟竞渡场面，引出下片。"波心齐发"是竞渡的开始。过片换头，以"奇绝"二字夺人眼目，撮起下文。只见龙舟过处，浪花飞扬激荡，湖上如同涌起霜雪，难描难画。击鼓声如同雷鸣喧阗，咚咚鼓声急催，红旗招展之间，只见龙舟急速推进，有如闪电飞驰，霎时间，胜利者夺得锦标，比赛在高潮中宣告终结。然而"望中"二字，写出围观者的意犹未尽，暮色来临依旧不愿离去。词的末尾三句，以归舟、荷花、新月勾勒出一幅明净祥和的端午月夜图，调节了前文紧张的节奏，为端午，亦为全词画上了一个完满的句号。

消息 东皋寓居·端午

宋·晁补之（1053—1110）

红日葵开，映墙遮牖，小斋端午。杯展荷金，簪抽笋玉，幽事还数。绿窗纤手，朱奁轻缕。争斗彩丝艾虎。想沉江怨魄归来，空惆怅、对菰黍。

朱颜老去，清风好在，未减佳辰欢聚。趣腊酒深斟，菖葅细糁，围坐从儿女。还同子美，江村长夏，闲对燕飞鸥舞。算何须、楚王雄风，方消畏暑。

| 赏 读 |

晁补之，巨野（今山东）人，与黄庭坚、秦观、张耒并称"苏门四学士"。词作风格豪爽俊逸，语言清新蕴藉，擅于铺叙，长调尤佳。本篇乃晁补之退居东皋时所作，描写端午佳节家人欢聚情景，笔触清爽，具有浓郁的生活气息。

起首三句直承题旨，点出端午节候。红日下盛放红色锦葵，这是初夏的花，花枝叶影映照在墙壁上，遮住窗牖，显示出蓬勃生机，词人用这样一幅画面向读者言明地点与时间，正是小斋居所，端午时节。"杯展"以下三句，以形象的语言描绘这一时节的典型景物，池塘里的荷叶展开不久，金色阳光倾倒下来，渲染得荷叶好似一盏盏金杯，竹林里抽出的新笋，细腻如玉，幼嫩的笋尖像极了玉簪子，时值初夏，天地清幽。"绿窗"以下三句，词人把目光投向室内人事。只见绿纱窗下，纤纤素手打开朱红色的梳妆匣，取出缕缕轻丝，一阵喧哗笑语，原来小儿女们拿着五彩丝线编织的艾虎争巧斗胜。词人想到的却是千载以前沉江的屈原，他若是能在端午这天魂归来兮，恐怕也会对着菰黍米粽，惆怅不已。行笔至此，悠闲欢乐的调子转而低沉。然而词人并未一味沉浸在怀古伤情中，下片"朱颜"句起，词人一扫愁情，流露出清朗高旷的风度。"朱颜老去"本是惆怅事，词人却以"清风好在"相对，忧愁烦恼都被清风一股脑吹去，只留下一个高高兴兴的词人，和家人在这端午佳节欢聚一堂。美酒相催，菖蒲腌菜切成细丝，聊以佐杯，儿女们围坐在身边，真是此乐何极。词的末尾，引杜甫为知己，以表达闲居之乐，风物甚美，人情甚美，句末反问，更见逍遥之情。

苏幕遮

宋·周邦彦（1057—1121）

　　燎沈香，消溽暑。鸟雀呼晴，侵晓窥檐语。叶上初阳干宿雨，水面清圆，一一风荷举。

　　故乡遥，何日去？家住吴门，久作长安旅。五月渔郎相忆否？小楫轻舟，梦入芙蓉浦。

| 辑 评 |

【清】周济《宋四家词选》：上阕，若有意，若无意，使人神眩。

【清】陈廷焯《云韶集》：不必以词胜，而词自胜。风致绝佳，亦见先生胸襟恬淡。

| 赏 读 |

　　本首为词人久客京师，于夏日见荷而起怀乡之思时所作，清婉自然，情思优美。

　　词的上阕写景，通过嗅觉、触觉、听觉、视觉的综合，将夏天的色、声、香、热一一点拨，展示多层次的夏日体验，真实而立体，直逼出"夏意"。起首写燃香，乃室内描写。夏天潮湿闷热，故称"溽暑"，为消除或减轻这种天气里人的不适，有条件的人家时常焚香以去暑气，而此处焚的是名贵的沉水香，足见主人身份。清晨，檐间鸟雀的鸣啾似是在对人说话，告知主人这一日天气晴好。一"呼"一"窥"，见鸟雀天真情状，亦见词人视万物如有情的襟怀。后三句转出室外，写水上风光：清早，太阳照在荷叶上，昨夜残留的雨此时随阳光蒸发。荷花睡了一夜，晨风吹过，亭亭立于水上的荷花摇动着，又轻盈，又美丽。最妙是"清圆"二字，不但有形貌，更具荷之神理，移之不得。

　　下阕由景即情，又是连连发问，又是寄怀遥想，直将一片怅怅深情打并入词，感人至深。词人乃钱塘人士，江南夏日多的是荷花盛事，十里百里，号为"接天"，而此度京城观荷，自然难免家乡之念。因此下句即感叹"久作长安旅"，词人在京城，却是作客来了。既而又一问，终于问到人，却是从对面着笔，"你可想念我？"末句直抒己怀，却是以一唯美梦境作结，身是"轻舟"，楫是"小楫"，像是怕惊扰了梦，一意乘着小船，向记忆中的荷花深处行去。短短九字，如精美的电影画面，甜蜜而感伤。

满庭芳·夏日溧水无想山作

宋·周邦彦（1057—1121）

　　风老莺雏，雨肥梅子，午阴嘉树清圆。地卑山近，衣润费炉烟。人静乌鸢自乐，小桥外、新绿溅溅。凭栏久，黄芦苦竹，拟泛九江船。

　　年年。如社燕，飘流瀚海，来寄修椽。且莫思身外，长近尊前。憔悴江南倦客，不堪听、急管繁弦。歌筵畔，先安簟枕，容我醉时眠。

| 辑 评 |

【清】陈廷焯《白雨斋词话》：美成词有前后若不相蒙者，正是顿挫之妙。如《满庭芳》上半阕云："人静乌鸢自乐……"，正拟纵乐矣，下忽接云："年年……醉时眠。"是乌鸢虽乐，社燕自苦，九江之船，卒未尝泛。此中有多少说不出处。或是依人之苦，或有患失之心，但说得虽哀怨，却不激烈，沉郁顿挫中别饶蕴藉。后人为词，好作尽头语，令人一览无余，有何趣味？

【清】谭献《献评词辨》：（"地卑"二句）《离骚》廿五，去人不远。（"且莫"二句）杜诗韩笔。

| 赏 读 |

元祐二年（1087），周邦彦因事外放，后辗转飘流六、七载，在溧水任知县，某个夏日，词人登上县城南郊的无想山，凭高而立，感喟无端，遂成此作。这首词"多用唐人诗语，隐括入律，浑然天成"，其词清丽，其情深曲婉转，出语正是天涯一倦客。

此词上阕主要写景，下阕着重写人，段落分明。开篇描绘景物，拈取"莺雏""梅子""嘉树"等初夏时节特有的景物进行铺描，点出时令；同时三句之内变换了"风""雨""阴"等三种天气状况，打破时间限制，将并非一时一地之景相凑，打开局面，扩大词句容涵，可谓极腾挪之能事。此外，更以"老""肥"等形容词锁联"风"与"莺雏""雨"和"梅子"，情理俱妙。"清圆"二字，既可视作对夏日亭亭如盖的"嘉树"的形容，又可视为对深浓树影，亦即"午阴"的形容，苏轼《次韵子由柳湖感物》有句云："夜爱疏影摇清圆。""地卑"句写因地形卑湿，衣物潮润而不得不时常焚香，焚香而起寂静心，如"炉香静逐游丝转"，人是安静的。安静下来，就听见鸟莺剥啄，好不自在，而小桥之外，新绿的河水流淌，发出溅溅声响。此处虽是动景，写各种声响，仍着眼于一个"静"字，以声写静。"凭栏"句引出词人，用"黄芦苦竹"之荒僻，点出心中愁绪，泛舟之想是为了遣怀，久凭栏亦是为了遣怀，无奈此身难托，此情难遣。

　　换头以社燕自比，感慨身世。词人年年宦海漂泊，如同作巢寄身的燕子，总无个定处，却是"万般不由人"。既而用杜甫"莫思身外无穷事，且尽生前有限杯"语，自我劝解，劝解不成，更见词人憔悴。急管繁弦不堪听，却在人人极尽欢愉的歌筵旁安了枕席，自去醉眠，真是无可如何，写出一片悲凉。全篇落到一个"倦"字上，醒人耳目。

宋·李清照（1084—1155？）

　　尝记溪亭日暮，沉醉不知归路。
兴尽晚回舟，误入藕花深处。争渡，
争渡，惊起一滩鸥鹭。

| 赏 读 |

　　李清照，齐州章丘（今山东）人，宋代著名女词人。少颖慧，工词章。早年生活优裕，词中多叙少年欢乐，风格单纯明快。后期经家国丧乱，词多悲慨，情调伤感沉重。此处所选是其早期作品，记夏日出游，清新活泼，勾勒出天真烂漫的少女形象。

　　这是一首回忆往昔的清丽小词。开篇"尝记"二字，点出此词回忆性质。词人记忆中，那是一个极美的黄昏，她和同伴们外出游玩，看了溪水，进了亭子，嬉戏喧闹一直到日暮时分。因多喝了酒，醉意沉沉，一时忘了回家这件事。待到众人尽了兴，才迎着晚风相伴归去。登上归船的众人酒意未醒，脑中仍自昏昏沉沉，竟然摇着小船，一径地误打误撞，驶入了荷花深处。此时斜阳欲暮，晚风轻拂，小舟摇荡在水上，荷花倒映在水中，而这些景物词人在此都搁置未写，乃因斜阳暮色、晚风荷花作为极美的一幕，早已融为记忆的底色和背景，美则美矣，却不必刻意点出，此融裁法也。然作者心中有之，读者自可想象。词人抛开景物不谈，却写人事：众人发现迷了路，不免着忙，互相问出路，一连下两个"争渡"，正见其焦急神色，同时通过叙写人之言语刻画场面，真是亲切。众人忙乱中语声喧哗，不期然惊起洲渚上的水鸟，词人至此搁笔，将画面定格在鸥鹭惊飞的一瞬间，戛然而止。然词虽写尽，意却无穷，词中留下了大片空白，也就给了读者丰富的想象空间。例如鸥鹭惊飞的一瞬，众人各是何等神色，颇可玩味。此词记醉游，叙事单纯，直是少女意绪。

临江仙

宋·陈与义（1090—1138）

　　高咏楚词酬午日，天涯节序匆匆。榴花不似舞裙红。无人知此意，歌罢满帘风。万事一身伤老矣，戎葵凝笑墙东。酒杯深浅去年同。试浇桥下水，今夕到湘中。

| 赏 读 |

　　陈与义，洛阳人。兼擅诗词，有"诗俊"之称。其词今存十余首，风格疏朗浑成，语意超绝，有东坡遗风。这首词作于高宗建炎三年（1129），时"金人入汴，高宗南迁"，国家危机四伏，陈与义避乱湘贵，正逢端午，不由发感时伤世之叹，遂成此词。

　　起首，以词人的高咏之声振起全篇，出语峻拔。"午日"即五月初五，端午节。屈原与端午节的渊源由来已久，其炽烈的爱国之心、悲凉的身世遭际更唤起了无数忠贞文人的灵魂共鸣。屈原忠而见弃，词人江湖飘零，俱是在祖国危亡之际，无怪乎作者要在此时此地"高咏楚词"。端午节不仅仅是民间的纪念与庆祝活动，对于漂泊天涯的游子而言，节日是时间的提醒，它们是一连串按时序排列的节点，提示着游子在外漂泊的时间之久，节序匆匆的背后有一个声音在问，胡不归乎？一而再，再而三，无家的游子只有沉默以对。"榴花"与"舞裙"，一为眼前之景，一为昔日欢乐。眼前的石榴花依时盛放，在词人的眼中，它却似褪去了所有的光鲜明艳，无论如何也及不上记忆中的鲜红舞裙，因那时，祸乱未起，天下承平。"无人"句高旷，心中万千思虑，羁旅漂泊之情，总无人可知，只好高歌一曲，曲罢满帘悲风，以景结情，涵蕴不尽。下片直抒胸臆，浩叹沉雄。"万事"句道尽悲凉：有太多的事情想做，偏偏只有一副身躯，偏偏这一副身躯还衰老了，力不从心。次句衬以"凝笑"的蜀葵，乐景哀情，倍增其哀。"酒杯"以下三句，写物是人非，词人只好用杯中酒祭奠亡灵，"湘中"语暗扣屈原，回应开篇的"高咏楚词"，形成结构上的回环。一唱三叹，感慨悲凉。

清平乐·夏日游湖

宋·朱淑真（1135？—1180？）

恼烟撩露。留我须臾住。携手藕花湖上路。一霎黄梅细雨。

娇痴不怕人猜。和衣睡倒人怀。最是分携时候。归来懒傍妆台。

| 辑 评 |

【明】卓人月、徐士俊《古今词统》：朱淑真云"娇痴不怕人猜"，便太纵矣。

【清】吴衡照《莲子居词话》：易安、淑真均善于言情。易安"眼波才动被人猜"，矜持得妙；淑真"娇痴不怕人猜"，放诞得妙。

| 赏 读 |

朱淑真，钱塘人。自幼颖慧，雅擅词章，其词风格清婉，多抒写个人爱情。此处选其《清平乐》一首，乃夏日与恋人携手游湖之作，妙人妙语，最见女儿娇憨情态，节奏活泼明快，有张有弛。

词主言情，女性词人的情绪感知尤为细腻入微。此篇开口即道"恼烟撩露"，正是女子娇嗔口气，表面抱怨烦恼、不快，实际上却有细微喜悦流露，烟雾和露水只是幌子，真正引得词中主人公似嗔还喜的，是"留我须史住"的那个人，亦即女子的恋人。三、四句直写情事，藕花湖上携手同行，可见这一对恋人两情依依之状，最妙是"一霎"，两人散步时，正赶上了一场黄梅雨。初夏时节细雨飘洒，绵密，清凉。二人享受这场不期而遇的细雨，如同享受两人美丽新鲜的爱情。下片转到人，那个陷入爱情的女子，竟像是朝镜头望了一眼，却不以为意，回转身子睡倒在恋人怀中，正是"娇痴不怕人猜"，这个"人"，既指当时可能对其指指点点的路人，恐怕也包括千载以下的读者。纵自知娇痴，亦不怕旁人猜度。"和衣睡倒人怀"即是女子对此类猜度给出的动作性回应。何其大胆，何其率真。如果说这样勇决的女子有什么害怕的，或许就是与恋人的分离，"最是"二字，尽是伤怨。末句仍写女子情状，写出了主人公的一反常态。"归来"后的女子闷闷不乐，索性连妆也不梳，一味懒懒地靠在妆台旁，《诗经·卫风·伯兮》有"岂无膏沐，谁适为容"之语，正是此句注脚。

宋·辛弃疾（1140—1207）

　　漠漠轻云拨不开。江南细雨熟黄梅。
有情无意东边日，已怒重惊忽地雷。

　　云柱础，水楼台。罗衣费尽博山灰。
当时一识和羹味，便道为霖消息来。

| 辑 评 |

【宋】刘辰翁《辛稼轩词序》：自辛稼轩前，
用一语如此者，必且掩口。及稼轩，横竖
烂漫，乃如禅宗棒喝，头头皆是；又如悲
笳万鼓，平生不平事并尼酒，但觉宾主酣畅，
谈不暇顾。词至此亦足矣。

| 赏 读 |

　　这首词起句写云，以"漠漠"二字状夏日轻云密布之景，"拨不开"仍状暗云之浓密，乃化用韩愈"漠漠轻阴晚自开"，苏轼"满座顽云拨不开"之句。轻云已聚，梅雨旋落，正是江南梅子黄熟之时。开篇即点出"梅雨"，笔力透出，而其下紧扣梅雨两方面之特点，展开铺叙：一为梅雨即下即收，无有定时。时而出现"东边日出西边雨"的奇景，时而雨收云霁，时而怒雷匝地、骤雨忽至，所谓"有情无意"，叫人难以捉摸。二为梅雨季节，因雨水丰沛而空气润湿。《埤雅》云："江湘二浙，梅欲黄时，柱础皆汗，郁蒸成雨。"柱础即柱下石基，"云柱础"句即言此时柱石楼台，皆似为雨水浸泡，十分潮湿。潮湿空气同样润湿了江南人的衣裳，久而难干，只好以炉烟熏烤，周邦彦有词曰"地卑山近，衣润费炉烟"，博山即指博山炉，此句乃以人之感受、行为起笔，从侧面状写梅雨。末句用《尚书》典故，"若作和羹，尔惟盐梅"，"若岁大旱，用汝作霖雨"，由梅及雨，写梅雨不着痕迹而前后关合，笔力深健。全篇紧扣词题，叙写江南梅雨情状，咏物细密，下语疏放。虽多化用他人词句，用典亦繁，然笔力雄健，熔裁一色，读来并没有生硬之感，而尽显稼轩文辞风流。读此一篇，或让读者对江南恼人的梅雨生出几分欣赏。夏日江南的雨，终下成一阕小词。

鹊桥仙·己酉山行书所见

宋·辛弃疾（1140—1207）

松冈避暑，茅檐避雨，闲去闲来几度。醉扶怪石看飞泉，又却是前回醒处。

东家娶妇，西村归女，灯火门前笑语。酿成千顷稻花香，夜夜费一天风露。

| 赏 读 |

孝宗淳熙十六年（1189），辛弃疾闲居江西上饶家中，这首词即作于这年夏天。乙酉年（即淳熙十六年），作者在山行道中写下了自己的所见所闻。词作描述词人的乡村生活体验，处处透露洒脱闲适，尽管这闲适之下，深藏着一份词人对于时局现状的无奈，然而，稼轩天性洒落不羁，落笔飞扬恣肆，故词中常见豪情。

上阕写词人在乡间的日常活动，劈头即见出"山行"一事。从"松冈避暑"到"茅檐避雨"，不但地点发生了转变，就连天气也由"晴"转"雨"。"闲来闲去几度"，两个"闲"字的反复使用突显出词人悠游自在的姿态，无论烈日还是暴雨，都不足以使词人困扰。然而从另一个角度来说，经常性的出游则体现了词人"闲不住"的个性。醉酒的词人扶着道旁的嶙峋怪石，俯身看飞流而下的泉瀑，待到醒来，却发现自己正待在前回醉酒醒来的地方。"又却是"三字，惊诧之下，更含怅然不尽之意。下阕描写乡村百姓的日常生活，抓取了乡间嫁娶这一生活事件。走在山间道路上的词人，看见东边这户人家正在迎娶新妇，而继续往前走，又看到西村人家正在嫁女儿，两处皆灯火通明，笑语喧哗，热闹非凡。词人没有停下脚步，继续向前走，田间地头的稻谷似是感应到了人间的盛大喜悦，在漫天风露中散发着谷物特有的香味。谷物的丰收在望与百姓的嫁女娶妻相互应和，在淳朴的乡间，人情物事都自有一套稳定秩序，欢乐有时，丰收有时，对有强烈失衡感受的词人而言，无疑是一种无声的安慰。

宋·刘克庄（1187—1269）

深院榴花吐。画帘开练衣纨扇，午风清暑。儿女纷纷夸结束，新样钗符艾虎。早已有游人观渡。老大逢场慵作戏，任陌头年少争旗鼓。溪雨急，浪花舞。

灵均标致高如许，忆生平既纫兰佩，更怀椒醑。谁信骚魂千载后，波底垂涎角黍？又说是蛟馋龙怒。把似而今醒到了，料当年醉死差无苦。聊一笑，吊千古。

| 辑 评 |

【清】黄蓼园《蓼园词选》：非为灵均雪耻，实为无识者下一针砭。思理超超，意在笔墨之外。

| 赏　读 |

　　这首词吟咏端午风物，凭吊屈原，继而借题发挥，就端午节俗进行新颖解读，发人深省。

　　词的上阕着重叙写端午的节俗风物，刻写热烈的节日氛围。起句，借榴花的盛放点明节候。幽深庭院，石榴花开得正艳，时间已是仲夏。词人穿粗布衣裳，手执绸扇，掀起画帘，迎面便是清风拂来，吹散了恼人的暑意。"练衣纨扇"的词人自是一派闲适自在，年幼的儿女更是兴高采烈，互相夸耀装束打扮，头上戴的钗头符、身上佩的艾草虎，都是时下新鲜样式。"游人观渡"句从家中写到河边，天色尚早，已有游人来到水边观看龙舟竞渡。转笔又回到词人身上，自谓岁高年老，即使碰到宜于游乐的场所也懒得凑热闹，任凭田家少年争抢锦旗，擂动响鼓。此处写龙舟竞渡场面，本是热闹非凡，词人却一语带过，未做过多渲染，这与词人的心境暗相吻合。纵然旗鼓喧闹，溪流急涌，浪花飞舞，词人情绪依旧克制而冷静。

　　换头，以崇敬口吻凭吊屈原，生发议论。屈原何等高致，想其一生以兰草为佩饰，以椒香美酒迎送神灵，谁会相信千年以后，屈原的魂魄会在水波底下垂涎人间的角粽呢？又有人说是为了安抚馋嘴的蛟龙。想必屈原若是今朝醒来，会觉得当年醉死也是不错的选择。末句收束，云淡风轻的口吻背后掩藏着词人的复杂情绪，匹夫怀志，君子不遇，千载如此，当下唯一笑耳。

双调大德歌·夏

元·关汉卿（1219—1301）

俏冤家，在天涯，偏那里绿杨堪系马。困坐南窗下，数对清风想念他。蛾眉淡了教谁画？瘦岩岩羞戴石榴花。

| 赏 读 |

关汉卿，大都（今河北安国）人。擅长元杂剧写作，与马致远、白朴、郑光祖并称"元曲四大家"。这支曲子以闺中少妇口吻写成，风格大胆泼辣，语言明快，不避俚俗，表达了女子对远行在外的丈夫的深切思念。

曲子开篇即呼"俏冤家"，是对丈夫的亲昵称呼，既是"冤家"，又谓之"俏"，看似又爱又恨，实则深情已极：中国民间夫妇历来有"以骂为情"的风习，"冤家"一词经历了由指称存在冤仇的敌对双方到指称彼此间结下了不解之缘、关系亲密之人的词义转变，成了一种表情生动的爱称。当然，少妇如此称呼自己的丈夫不无埋怨之意，因为她紧接着就追问道，"偏那里绿杨堪系马"？丈夫远行久久未归，只道是出远门，对于足不出户的少妇而言，这"远门"究竟有多远是无从想象的，人人都说最远便是"天之涯，海之角"，久行未归的丈夫，可是走到了天涯？少妇因而嗔问道，你这么久不回来，是哪里的绿杨树牵系了你的马，绿杨尤堪系马头，你却不肯为我回家吗？一个"偏"字，更见女子嗔怨声情。"困坐"句由第二人称的直接呼告转为第一人称的自我抒情，由于丈夫并不在身边，少妇的心事也只能说给自己听，此一层转折极为自然，出语真挚。"困坐南窗""数对清风"写出少妇的慵懒情状，夏意困人，思念亦教人情思昏昏。末二句用张敞画眉典故，反复抒发对丈夫的思念，其中"瘦岩岩"下语新奇，有"为伊消得人憔悴"之感，且描画更为真切、生动，因思念而消瘦，因消瘦而羞于簪戴石榴花，花自丰盈人憔悴，闻之令人不忍，末句于此露出一点黯然来。

越调·寨儿令夏日即事

明·王九思（1468—1551）

豆角儿香，麦索儿长，响嘶啷茧车儿风外扬。青杏儿才黄，小鸭儿成双，雏燕语雕梁。红石榴花满西窗，黄蜀葵叶扫东墙。泥金团扇影，香玉紫纱囊。将，佳节遇端阳。

| 赏 读 |

　　王九思，陕西鄠县人。弘治九年（1496）登进士，官至吏部郎中，因坐刘瑾事被勒辞官，此后乡居四十载，与友人赋词填曲以终日。其作品风格豪放、沉郁，音韵天然，王世贞《艺苑卮言》认为其"不在关汉卿、马东篱之下"。

　　这首小令描写夏日农家风光，充满浓郁的生活气息。全篇通过列锦手法将夏天的农村最具代表性的事物一一进行铺排：藤上的豆角晒够了太阳，散发出果实成熟时特有的香气。"麦索儿"即麦穗，田地里的麦子悄无声息地拔着麦穗，长长的穗尖在阳光下拂动，呈现出金黄一片。远远传来一声声"嘶啷"，是茧车正忙着将蚕茧缫成丝，那声响伴随着风回荡在村子里，仿佛还带着古老歌谣的节奏。枝头的青杏儿已转明黄色，水里的小鸭子成双成对彼此嬉戏，画梁上的乳燕时而扑扇翅膀，时而伫立鸣啾。这一系列风光的呈现综合运用了多感官描写的手法，有嗅觉、视觉、听觉、味觉，给人以全面而立体的夏日农家印象，使人有身临其境之感。而"红石榴花""黄蜀葵叶""泥金团扇""香玉紫纱囊"则无疑体现出文人式的审美，旧俗端午节人多佩带香囊以辟邪，最后一句水到渠成的点出时节，乃是端阳将至。此首小令不避俚俗，自然活泼。多运用地方口语，如大量使用"儿"这一词尾，"豆角儿""青杏儿""小鸭儿"等，模拟出农人淳厚口吻，读来亲切活泼，亦体现出作者对这些事物的无限怜爱，以及退居田园后生活的愉悦闲适。此外，小令描写的农村风光与其文字语言表现形式互为呼应，音韵调和而无拘束之感，浑然天成。

解语花 · 题美人捧茶

明·王世贞（1526—1590）

中泠乍汲，谷雨初收，宝鼎松声细。柳腰娇倚，薰笼畔，斗把碧旗碾试。兰芽玉蕊，勾出清风一缕。鬖翠蛾斜捧金瓯，暗送春山意。

微裊露环云髻，瑞龙涎犹自，沾恋手指。流莺新脆，低低道，卯酒可醉还起？双鬟小婢。越显得那人清丽。临饮时须索先尝，添取樱桃味。

| 辑 评 |

【清】胡应宸《兰皋明词汇选》：（"卯酒"句下）款语温言，读之心软。

| 赏 读 |

　　王世贞，苏州太仓人。能诗文，"书画、词曲、博弈之属，无所不通"，才学富赡，名重当时，为"后七子"之冠。本篇词作写夏日富贵人家品茶之事，华贵奢侈，文词冶艳，反映了明代特定社会阶层的审美趣味。

　　对于当时的文人士大夫而言，品茶是其消暑度夏的一项重要活动，王世贞的这首词更是别出心裁，从美人捧茶入手，写饮茶之事，既见茶之珍美，又见人之姣美，给茶饮雅事增添了几分旖旎情致。起首三句，叙写烹茶之水、所烹之茶，以及烹茶所用的器具，极为讲究。水是刚刚汲上来的清泉水，茶是谷雨前新采的茶芽，用以烹茶的则是一方珍贵的宝鼎，此时鼎内正传出细微的如松风般的水沸声。"柳腰"以下三句，转写美人，娇柔无限。陪侍的美人腰肢婀娜，斜倚在熏炉一侧，正忙着将绿色的旗茶茶饼碾细，互相比试烹茶技艺。茶芽颇为鲜嫩，如兰似玉，茶香清新动人，闻之有如一缕清风。"釂翠"句写美人捧茶，直陈题旨："釂翠蛾"写美人敛眉神情，"斜捧"更见其姿态风流，"金瓯"所盛乃是烹好的新茶，"春山"一语双关，既指种茶之春山，亦暗指美人之情意。此句以下，美人形象与茶愈发结合紧密。换头摹写美人，如云的鬟发盘成髻，娉娉袅袅，纤纤玉指上沾有瑞龙涎的香气。词章的重点显然已转入对美人的刻画，只听得流莺般清脆的语声在耳畔响起，询问主人早间喝酒，现在是否已从醉中醒来。这一声"低低"存问，既见美人温柔关怀，又展现出主人的风流不羁。"双鬟"以下两句，写出美人的清新绰约。主人似醉非醉，却要美人先行品茶，以增滋味。末句佻佻，语带轻薄。

清平乐·池上纳凉

清·项鸿祚（1798—1835）

水天清话，院静人销夏。蜡炬风摇帘不下，竹影半墙如画。

醉来扶上桃笙，熟罗扇子凉轻。一霎荷塘过雨，明朝便是秋声。

| 辑 评 |

谭献《箧中词》：荡气回肠，一波三折，幽艳哀断。

| 赏 读 |

　　项鸿祚,钱塘(今浙江杭州)人。家道中落,屡试不第,穷愁而卒。少时学作花间词,讲求音律,多为伤感之语。

　　这首词写夏夜荷塘池畔纳凉情形。上阕摹写庭院景物,绘出一幅清幽的月夜消夏图。"清话"形容清新、美好的样子,只见庭院之中夜色深浓,那天上的月,池中的水,水中的月影,无不澄净空明,清新美好;又此时更深人静,诗人坐在池塘之畔,乘月纳凉以消长夏。次句写凉风,一连缀出蜡烛、门帘、竹影、墙壁等诸多物什,借诸物之动画出风来,同时借凉风之动衬出夏夜的幽静。夜风起时,蜡烛的火焰跳跃不定,门帘摇拂飘动,连带烛光和帘影一道摇曳不定,竹子为明月所照,在外墙上投了半面影子,好似一幅精致的墨画,此时凉风吹过,竹影飒飒,那幅画也似活过来了。听着那风敲竹韵,瞧着那帘影灯昏,只觉情致幽邈。下阕着意摹写词人之行为及心理感受。"醉来"句描写诗人的动作。"桃笙"指代用桃笙竹编的竹席,据《竹谱》载,四川阆中盛产桃笙竹,制成竹席后,暑月寝之而无汗。诗人借月色饮酒,微醺后悠悠忽忽地躺上竹席,摇着一柄熟罗扇子,微风遂生轻凉。末句陡转,写出戏剧性的一幕:忽闻得池塘那边传来簌簌声响,原来霎时间下起了雨,雨水打落在满塘荷叶上,细密如梭,声如鼓点。至此,一点深切的凉意从词人心底泛起,他忽然想到许多,譬如雨打残荷,譬如夏日将尽,一个萧索凋零的秋又将到来。时光便这样向前流淌着,悄无声息,却又一步也不肯停留,人世种种,未尝不如是。想了许多,词人却只淡淡道了句,"明朝便是秋声"。这首词抒写幽情,极深曲绵邈之致,实为佳作。

图书在版编目（CIP）数据

小磨诗坊. 夏 / 王兆鹏主编；贾超本册主编. ——
武汉：崇文书局，2018.7（2021.8重印）
　ISBN 978-7-5403-5075-8

Ⅰ. ①小… Ⅱ. ①王… ②贾… Ⅲ. ①古典诗歌-诗
集-中国 Ⅳ. ①I222

中国版本图书馆CIP数据核字(2018)第132105号

小磨诗坊·夏

责任编辑	程可嘉　刘 丹
装帧设计	黄 彦　万晴晴　杨 艳
出版发行	长江出版传媒　崇文书局
业务电话	027-87293001
印　　刷	湖北画中画印刷有限公司
版　　次	2018年7月第1版
印　　次	2021年8月第2次印刷
开　　本	787×1092　1/32
印　　张	7
定　　价	39.00元

本书如有印装质量问题，可向承印厂调换